LE PETIT ROMAN
DE SHANGHAI

Bernard Debré

–

LE PETIT ROMAN DE SHANGHAI

éditions du
ROCHER

Collection dirigée par
Vladimir Fédorovski

ISBN : 978-2-268-06925-8

AVANT-PROPOS

Aéroport Charles-de-Gaulle, le 30 septembre 2004.

Il est six heures du matin. Par le hublot du Boeing 747 d'Air France, où ma femme Véronique et nos deux fils, Grégoire et Édouard, viennent de prendre place à mes côtés, j'observe le gigantesque tarmac embouteillé d'avions immobiles.

Combien de fois ai-je ainsi pris l'avion ? Plusieurs centaines, mille, peut-être... Ma profession, mes missions humanitaires et mon insatiable curiosité m'ont conduit à parcourir le monde depuis trente ans. Mais ce 30 septembre n'est pas un départ comme les autres : dans douze heures, nous serons à Shanghai, où je dois signer la première convention de coopération entre mon service d'urologie de l'hôpital Cochin, à Paris, et l'hôpital Est de la ville.

J'aime cette ville. Intensément. Impatiemment. Et c'est là, à cet instant, en ce petit matin humide à Roissy, que j'ai décidé d'écrire ce livre sur Shanghai.

Shanghai ? Cette forêt de contrastes se regarde comme une gigantesque fresque dont chacun des détails aurait son importance. Shanghai s'écoute aussi : le bruit de ses artères bourdonnantes, le chuchotement du parc Fuxing, le son du *hèru*. Shanghai se respire : parfum de mystères, odeur de soufre. Shanghai, enfin, se raconte : à travers l'histoire de ce petit port de pêche boueux et insalubre devenu capitale économique de la Chine nouvelle, se dessine en filigrane le destin incroyablement riche et tourmenté de ce « pays grand comme le monde », berceau d'une civilisation trimillénaire.

Toujours observée avec méfiance par le reste de l'empire du Milieu, mais surdouée, Shanghai, si misérable autrefois, si riche aujourd'hui, est une héroïne de roman : on s'attache à elle comme à une personne vivante. Comment expliquer autrement la fascination physique, presque charnelle, qu'elle exerce ?

Avec Lucien Bodard, que j'ai rencontré au soir de sa vie, nous avons souvent parlé de notre passion commune pour Shanghai, alors même que nous l'avions découverte à deux époques totalement différentes : lui dans les années 1930, au temps des concessions internationales ; moi, beaucoup plus tard, dans les années 1970, à l'occasion de mon premier périple (à cette époque sévèrement réglementé) en Chine communiste. À plus de cinquante ans d'écart, nous avons pourtant éprouvé le même coup de foudre ! « Normal, c'est la même femme, me répondait le leste "Lulu" en riant. Ses habits sont différents, mais elle n'a pas changé. Son sourire et ses formes sont toujours là. »

C'est à lui que je pense au moment où l'avion s'arrache du sol. Et à ce si juste portrait qu'en fit un jour Kessel : « Bodard tire tout de son seul et propre sang, avec sa flamme, son élan, son foisonnement, sa passion. Déchaînée. Exorcisée. » Et si c'était, aussi, la plus belle définition qu'on puisse faire de Shanghai ?

« Cette ville est un volcan », me dit un jour André Malraux alors que j'étais très jeune. Cette formule m'avait marqué et je m'étais promis d'aller la vérifier sur place. Il avait raison. La vue que l'on a, le soir, du dernier étage de la Jin Mao Tower (420 mètres, le troisième gratte-ciel du monde) n'est-elle pas celle d'un gigantesque brasier ?

Volcanique, excessive, la ville l'est par tous les pores de sa peau. Cette cité grondante et hyperactive est un mélange chaque jour plus détonnant de jungle urbaine et de frénésie humaine. Shanghai tonne, gronde et provoque. Mais aussi émeut et ensorcelle.

Il me fallait absolument, avec mes proches, faire partager au plus grand nombre ma passion pour cette ville de toutes les passions. Mais qu'on ne s'y trompe pas : je ne suis ni historien ni sinologue. Mon objectif n'est pas de faire œuvre d'érudition – d'autres l'ont fait avant moi, à commencer par Marie-Claire Bergère, auteur de la très exhaustive *Histoire de Shangaï* qui a souvent guidé mes pas et éclairé mes promenades – mais d'accompagner le lecteur à travers les dédales et l'histoire de cette extraordinaire cité dont la vie n'est pas seulement un, mais une multitude de « romans ».

SOUS LE SIGNE DES GÉANTS

À quoi ressemblaient les premiers Shanghaiens, ces hommes de l'origine qui vinrent s'installer à l'embouchure du Huangpu, au bord de la mer de Chine ? Étaient-ils, comme j'aime à le croire, de ces « gigantopithèques », dont les fragments de squelette, datant du paléolithique, laissaient entrevoir une civilisation de géants, de taille trois à six fois supérieure à la nôtre ?

Quoi de plus logique, finalement, qu'une cité habitée par la démesure – l'idéogramme chinois « Shang » lui-même signifiant « au-dessus » – ait été fondée par un peuple de géants ?

Une soif d'autrefois m'assaille dès que j'arpente les rues de la plus captivante ville qu'il m'ait été donné de connaître. Shanghai la fascinante.

C'est ainsi, il y a une dizaine d'années, que je découvris, au numéro 630 de la rue de Nankin, la petite terrasse fleurie de l'épicerie Shao Wan Shang, installée à cette adresse depuis l'époque Qing. Le serveur, vêtu d'une tenue traditionnelle brodée de pourpre et d'or, avec des gestes précis et un air raffiné, me propose un verre de Huangi ju. Je lui pose une question sur un idéogramme que je trouve particulièrement harmonieux, reproduit dans un guide de la ville. J'apprends qu'il est composé de la double représentation d'un homme et d'une femme. « Bon » et « bien » étant symbolisés par la communion d'un couple, tout comme le caractère « paix » (*an*) représente une femme veillant sur le toit d'une maison.

– La Chine est comme la famille ! me lance-t-il dans un sourire avant de s'éloigner. Elle a toujours existé.

Comment douter, en ces instants, que malgré la formidable accélération de son paysage urbain et de ses ambitions planétaires, Shanghai ait su garder intacte, à travers les siècles, l'âme de ses pères fondateurs ?

L'aube de l'époque Qing, dite du « Deuxième Essor », dont paraît tout droit sorti cet étonnant vieux monsieur, marque l'apogée des dynasties chinoises - dont l'histoire remonte pourtant à deux cents ans avant J.-C. Les Qing : le point le plus haut - avant sa chute - de l'ascension de la Chine... jusqu'à aujourd'hui.

Jamais la Chine ne fut aussi vaste, sa surface aussi étendue, qu'entre les règnes de Shun zhi (1644-1662) et de Qian long (1736-1796), les premier et quatrième empereurs de la dynastie. Durant un siècle et demi, l'ordre mandchou va s'imposer en Asie. Après s'être imposés par la force, les Mandchous offrent aux Han, en plus de la reconnaissance officielle de leur langue - le chinois -, l'octroi de la liberté de commercer. Il en résulte un essor agricole sans précédent. D'ambitieux travaux d'irrigation sont lancés, les rendements s'améliorent. La Chine commence à s'éveiller.

Attirés par les rives fertiles de l'estuaire du Yangzi et les eaux poissonneuses de la mer de Chine, de petites colonies de peuplement débarquent à Shanghai. La future technopole hérissée de buildings n'est encore qu'un petit port de pêche arrosé par les eaux boueuses et nauséabondes du Huangpu.

La ville et son accès à la mer séduisent cette population nomade en quête de sédentarité. Au XVe siècle, le bourg est déjà une ville-marché, dont l'essor est porté par celui des provinces du Bas- Yangzi, productrices de coton. À ces activités marchandes, la ville va ajouter celle de grand port côtier.

C'est à cette époque, dont date son expansion, que lui a été accolée pour la première fois cette image de cité mercantile. « Enfer capitaliste » avant l'heure, régi par la loi du plus fort, où « les hommes sont des ogres que régit la loi des cannibales », écrit Vicki Baum, retraçant l'histoire du développement économique de la ville, dans son monumental *Shanghai 1*.

Certes, la ville ne fut officiellement créée, il y a moins de deux siècles, que pour répondre à des attentes commerciales, quand Pékin l'impériale, bastion autoproclamé de la civilisation chinoise, était déjà capitale à l'époque Ming. Certes, encore, on pointera, tout au long de son histoire, ses « liaisons dangereuses » avec la modernité : c'est ici, semble-t-il, que l'on apprit à fondre le fer aux environs de l'an 500 ; ici aussi que furent entrepris les premiers travaux significatifs d'endiguement et d'irrigation.

Et pourtant...

Pour avoir toujours été d'avant-garde, et sans avoir jamais renié son identité « marchande », cette ville n'en reflète pas moins les passions, les heurts et les grandeurs de ce pays que de Gaulle disait « plus vieux que l'histoire ». Shanghai la « capitaliste » est d'abord Shanghai la Chinoise. La construction de son identité ne peut être dissociée de celle des grandes dynasties qui ont imprimé leur marque au pays depuis plus de deux mille ans avant notre ère. Première des dynasties impériales : la dynastie des Qin (221-206 avant J.-C.). C'est de son nom que nous vient le mot « Chine ».

La traduction, pourtant, n'est pas la bonne : pour parler de leur pays, les Chinois disent *Zhongguo* – le « Pays du Milieu ». Le mot « Chine » est une invention occidentale datant de cette époque. La période Qin, pourtant si lointaine, va inspirer nombre de traditions encore en vigueur aujourd'hui.

À la dynastie fondatrice des Qin succèdera celle des Han en 206 avant J.-C., curieusement fondée par un riche propriétaire agricole.

Plus de mille sept cents ans avant Mao, on pourrait parler, pour caractériser cette époque, de grand bond en avant. « À l'intérieur des mers, écrit l'historien Si ma Qian au début du Ier siècle avant notre ère, le pays fut unifié. On ouvrit les passes et les ponts ; on enleva les interdictions qui fermaient les montagnes et les étangs. C'est pourquoi les riches marchands et les grands commerçants parcoururent tout l'empire. Il n'y eut aucun des objets d'échange qui n'allât partout ; on obtenait ce qu'on voulait. » Une description qui s'applique bien aujourd'hui ! Tout comme l'utilisation d'une expression de l'époque, collant bien aux réalités actuelles : *da gong* – « travailler dur ».

Plus que tout autre, l'empereur Wu di (140-87 avant J.-C.) marqua de son empreinte la deuxième dynastie. La durée de son règne, cinquante-quatre ans, fut supérieure à l'espérance de vie de ses concitoyens.

On doit à Wu di et à ses fonctionnaires l'élaboration du code des Han, qui compta jusqu'à dix-sept millions de caractères. On se souvient aussi qu'il sut s'entourer d'alchimistes et de poètes et fit publier un édit qui contribua largement à asseoir son image de « sage »: chaque région fut invitée à désigner l'homme le plus vertueux pour la représenter auprès du pouvoir central.

Brève mais ô combien agitée parenthèse au cœur de la dynastie Han - durant laquelle il n'est nulle trace, là encore, d'un quelconque particularisme shanghaïen: la prise de pouvoir de Wang-Mang (9-23 ap. J.-C.). Révolutionnaire avant l'heure, Wang-Mang interdit la vente des terres et des esclaves et autorisa la libre circulation - sans que le phénomène puisse être réellement expliqué - de vingt-huit espèces de monnaies différentes.

Il fut décapité à l'issue d'une succession ininterrompue de soulèvements paysans, quatorze ans seulement après le début de son règne - la plus courte des dynasties.

Particulièrement tourmenté et sanglant, aussi, fut le retour au pouvoir des Han (dits Han postérieurs, en 23-220), marqué notamment par la poursuite des révoltes paysannes et la rivalité en coulisses entre les eunuques, conseillers auliques de l'Empereur, et les fonctionnaires de la cour.

Jamais guéri de l'instabilité qu'il connut sous Wang-Mang, le pouvoir, qui n'eut rapidement plus de central que le nom et les apparences, finit par sombrer.

De cette seconde dynastie des Han, l'historiographie chinoise retiendra essentiellement le texte « officiel » des classiques du confucianisme, gravé sur des dalles de pierre et dont certains fragments, retrouvés aux XIe et XVIIe siècles, sont depuis conservés au Grand Collège de Luoyang ; mais aussi les impressionnants progrès en matière de médecine, de chirurgie ou d'astronomie effectués alors. En couplant un globe terrestre avec une clepsydre, Zhan Heng - né en 78 après J.-C. ! - réussit le prodige de représenter l'image du ciel étoilé à une heure donnée. Des siècles avant Copernic et Galilée...

Entre son arrimage au passé le plus enfoui et sa quête permanente de modernité, Shanghai la bouillonnante est à l'image de l'histoire, elle-même tourmentée, de la Chine ancienne et des débuts de l'époque impériale.

LA NAISSANCE DE SHANGHAI

Luoyang, ancienne capitale de la dynastie déchue, fut l'épure de la moderne Shanghai.

Par de multiples aspects, Luoyang est bien le Shanghai du IVe siècle. De petites échoppes y servent un thé presque noir et très parfumé – lequel fut inventé ici, dit-on, par le roi mythique Shen Nong, en 2737 avant J.-C.

Pour attirer ce qu'on appellerait aujourd'hui les « investisseurs occidentaux », le marché du Pont de l'éternité abrite même une auberge qui leur est exclusivement réservée. Baptisée Si yi guan (« Auberge des étrangers des Quatre Orients »), elle représente, quatre siècles seulement après le début de notre ère, une sorte de concession étrangère au cœur du Shanghai de l'époque...

La vie à Luoyang est bourdonnante, trépidante. Shanghaienne.

Car Luoyang, pour délaissée qu'elle eût été par l'histoire, au profit de Pékin et de Shanghai, demeure la vraie pionnière en matière de développement urbain.

Le VIe siècle débute alors que l'ambitieuse dynastie des Tang a succédé, soixante-quinze ans plus tôt, à celle, fragile, des Sui. À l'époque de la France carolingienne, le pays compte déjà près de cinquante-trois millions d'habitants. Shanghai n'est encore qu'un petit port anonyme, dépendant du district de Huating. L'heure des Tang est celle du réveil de l'autorité. À la période de dislocation du pouvoir central, observée depuis la chute des Han, vont succéder trois siècles qualifiés de « temps d'unification » par les historiens.

Comme le proclame un texte Tang, l'Empereur veut être chez lui partout : « Sous le ciel, chaque parcelle du sol appartient au souverain. » Puis la dynastie, trop à l'étroit à Luoyang, s'installera à Chang'an, où elle connaîtra un exceptionnel âge d'or. « Seule, alors, la cour des califes de Bagdad pouvait, par son luxe et son raffinement, rivaliser avec elle. »

De l'époque Tang va émerger une nouvelle caste : celle de l'élite intellectuelle. L'élite de cette élite constituera la caste des « mandarins ».

À l'extrémité nord de la vieille ville de Shanghai, le pavillon Huxing, aux abords du jardin Yu où je ne manque jamais de me rendre, symbolise tout particulièrement cette alchimie. Plus vieux salon de thé (*chalou*) de la ville – thé que l'on déguste accompagné d'œufs de caille –, le pavillon, entouré d'arbres centenaires, est situé au centre d'un petit lac. Les Shanghaiens aiment à y perpétuer, en famille ou entre amis, leurs traditions du *qu gong-yuan wan* (« aller s'amuser au parc »). Le lieu, un îlot de verdure miraculeusement préservé, est tellement improbable, quasi surréaliste, que certains l'ont surnommé « mirage ». Comme pour mieux « protéger » le pavillon – la mission a été accomplie –, ses lointains concepteurs ont imaginé, pour s'y rendre, un pont en zigzag surplombant le lac. Pourquoi en zigzag ? Pour en interdire l'accès aux mauvais esprits – ceux-ci marchant... toujours droit !

C'est à la fin du XIe siècle que la ville, enfin reconnue, cesse d'être une zone de non-droit : un premier commissaire, chargé de percevoir les taxes sur les marchandises, y est nommé.

Deux siècles plus tard, en 1265, Shanghai sera élevée à l'échelon de bourg.

À son image, la civilisation chinoise devient urbaine. Cité par Denys Lombard, le franciscain Odoric de Pordenone décrit ainsi la visite qu'il fit à Hangzhou, au sud de Shanghai : « C'est la plus grande ville qu'il soit au monde. On lui prête cent milles de tour, et à l'intérieur de ce grand pourtour, il n'est pas un espace laissé libre qui ne soit habité par de nombreuses gens. Les maisons y sont innombrables ; dans chacune vivent parfois dix ménages et plus... » Marco Polo lui-même a raconté le « choc » ressenti devant l'emprise du commerce sur cette ville champignon aux allures - déjà ! - de fourmilière.

La ville n'est encore qu'un district en devenir et ses activités restent essentiellement liées à la pêche. Rue Xizang, pourtant, dans la vieille ville, le marché aux oiseaux et aux plantes existait déjà, plus modeste, certes, mais tout aussi animé. Comme il y a mille ans, le vacarme et le va-et-vient y sont aujourd'hui permanents. Un embouteillage humain, où j'aime à me fondre, comme on rentre dans un livre, au milieu des marchands d'hirondelles et de perroquets, de poissons et de coqs, furetant en liberté autour des caisses et des étals. Les femmes viennent y faire leurs courses, un panier d'osier au bras. C'est avec des pâtes - importées par Marco Polo de Chine vers l'Italie ! - plutôt qu'avec du riz que sera, par exemple, depuis cette époque, servi le canard laqué du soir, plat traditionnel du Sud. Le marchandage est, comme aujourd'hui, la règle. Leurs maris sont pêcheurs, commerçants ou, mieux encore, fonctionnaires. Affectés dans ce port lointain, ils vont importer, de la très lettrée cour impériale, culture du débat et idées nouvelles.

Conséquence de sa modeste taille et de son éloignement de la capitale : la ville est alors considérée comme une affectation de seconde zone pour diplômés fraîchement nommés, au contraire des grands centres urbains, dont les postes plus cotés reviennent aux fonctionnaires d'expérience. Plus jeunes, donc plus enthousiastes, plus entiers, ces diplômés seront d'autant plus sensibles au débat qui va s'engager entre « conservateurs » et « réformistes ».

Les ruelles de la ville sont le théâtre de discussions – feutrées sur la forme mais orageuses sur le fond. Au moins en apparence, les disputes et écarts de langage sont en effet fort rares. Cette légendaire impassibilité chinoise s'explique en partie par le fait que la bataille des idées s'y est le plus souvent déroulée dans des lieux publics, propres à la réserve, plutôt qu'à demeure – où les invitations sont généralement réservées à la famille.

Opposés aux « conservateurs » qui, sous prétexte de fidélité à la pensée confucéenne (retour à l'ordre antique, « laisser faire la vertu du prince »), prônaient le statu quo, favorables aux fonctionnaires lettrés, les « réformistes », issus pourtant de la même caste, plaidaient, en revanche, pour une diminution de leurs privilèges afin de ne pas couper le souverain et sa cour du peuple.

C'est également ici que Shanghai est née. « Accoudé à sa fenêtre, dit un proverbe local, le

Shanghaien peut entendre le murmure des anciens. » Ce « murmure des anciens », brutalement, se fait complainte pour évoquer la fin de l'âge d'or de la controverse politique. Car avec la prise du pouvoir par les Mongols (1279-1368), la dynastie Yuan, fière descendante de Gengis Khan, mort en 1229, va imposer sa loi.

De la future Pékin, adoptée par les Yuan comme capitale sous son premier nom de Khan Baliq (« la ville du Khan »), les nouveaux dignitaires du régime vont imposer leur loi avec une extrême sévérité, mais sans aller, semble-t-il, jusqu'aux excès de cruauté dont se montrèrent souvent capables les armées de Gengis Khan. Il n'existe nulle trace de massacres aussi sanglants que ceux qui ont été perpétrés, peu avant la conquête chinoise, en Turquie ou en Afghanistan. Là-bas, les ordres - écrits - imposaient de massacrer « tous les êtres vivants, jusqu'aux chiens et aux chats ».

À Shanghai, comme ailleurs, l'épisode Yuan a été vécu comme un retour à l'obscurantisme, en décalage profond avec les nouvelles aspirations intellectuelles de la population. Sans doute faut-il chercher, dans cette soif de rattraper le passé, l'exceptionnelle vigueur de la dynastie suivante : celle des Ming (1368-1644). L'époque fut bien plus que celle, communément décrite, des beaux objets et notamment des fameuses porcelaines, apogée du raffinement. Elle fut davantage aussi, pour Shanghai, que l'élément le plus visible de son rattachement à cette période : l'érection de sa muraille, construite pour se protéger des attaques des pirates japonais. Durant celle-ci, il est vrai, la population a pris son véritable essor. C'est l'autre richesse, évidente mais ô combien essentielle, du pays : sa démographie. Sans ce torrent humain, jamais Shanghai - 20 millions d'habitants aujourd'hui pour la seule cité autonome - n'aurait pu ni prospérer ni attirer les Occidentaux, à l'origine de sa mise en orbite.

L'arrivée des Européens en Chine date précisément de l'époque Ming. La présence de ces étrangers, leur expérience des échanges, la nécessité dans laquelle ils se trouvent de partager, au moins en partie, le fruit de leur travail avec leurs « associés » chinois, vont permettre au pays de voir éclore ce que certains historiens ont surnommé les « bourgeons du capitalisme ». Shanghai, sa plus belle fleur, pouvait-elle résister longtemps à de si séduisants effluves ?

À compter du XVIIe siècle, les villes vont connaître une évolution « à l'européenne », avec l'apparition de manufactures privées et d'une main-d'œuvre salariée. Dirigées par de riches marchands, de véritables banques se créent. La Chine elle-même commence à exporter et s'exporter. On appelle ici « Chinois d'outre-mer » (*hua qiao*) ces expatriés, partis chercher fortune au Cambodge, à Java ou à Singapour - future colonie chinoise.

La modernité shanghaienne, qui brûle au premier contact, n'est autre que sa part de modernité chinoise.

L'expansion démographique a été si importante, depuis un siècle, qu'une partie de la population a dû trouver refuge en dehors des murailles de la vieille ville. En 1832, Lindsay, à la tête de la première expédition britannique abordant à Shanghai, se montre déjà impressionné par l'activité régnant dans le port. En une semaine, il dénombrera plus de quatre cents jonques venues du nord, les soutes regorgeant de haricots et de farine.

Mais c'est à partir du traité de Nankin, en 1842, qui marque la fin de la première guerre de l'opium en même tant que le véritable acte de naissance de la ville, devenue port international, que se révélera le mieux l'exceptionnelle modernité de Shanghai.

L'OPIUM

Je le confesse : j'ai fumé de l'opium ! Je pourrais invoquer, comme d'autres, la soif de connaissance de l'étudiant en médecine que j'étais mais, pour être franc, il s'agissait surtout de satisfaire une curiosité.

C'était en 1967, à Phnom Penh. Je rejoignais l'un de mes amis, Jean-François - aujourd'hui haut fonctionnaire - dans la capitale du Cambodge. Ce bambocheur invétéré, qui vivait là ses derniers mois de célibat, fréquentait régulièrement une célèbre fumerie, à l'enseigne de la Mère Chum.

Jean-François avait insisté pour me faire découvrir le « nirvana ». Nous voici donc chez Madame Chum, accompagnés de l'animal « domestique » dont mon ami, aujourd'hui si convenable, ne se séparait jamais : une panthère noire !

Accueillis avec maints égards dans la fumerie, nous revêtons, ainsi que le veut la tradition, de magnifiques sarongs, ces longs pagnes traditionnels d'Asie. Après avoir délicatement prélevé dans un bol une boulette d'opium de la taille d'un noyau de cerise, une vieille femme la pétrit entre ses doigts, avant de la déposer sur le foyer. Enfin, elle tend le tuyau de la pipe à Jean-François.

- Observe bien la manœuvre, me conseille-t-il. Dès que la combustion commence, il faut aspirer la fumée aussi longtemps et aussi profondément que tu le peux. Garde la fumée dans tes poumons le plus longtemps possible. Une boulette, ça se consomme en une seule prise...

J'ai regardé Jean-François procéder, puis l'ai imité, non sans une certaine appréhension. Nous avons reposé la tête sur nos coussins de soie rouge, guettant les sensations à venir. Après quelques minutes, mon compagnon sembla plonger dans une douce rêverie, peuplée, me dit-il plus tard, d'animaux et de formes multicolores. Évasion d'autant plus douce que deux jeunes femmes, entrées silencieusement dans la salle, l'entouraient en lui prodiguant un massage.

Pour ma part, je n'ai pas ressenti grand-chose, sur l'instant, des effets de l'opium. Le lendemain, en revanche, j'ai été saisi d'effroyables crises de vomissements qui se sont reproduites pendant plusieurs jours. À défaut des portes du nirvana, qui me sont restées closes, j'ai entrevu celles de l'enfer...

Bien des années plus tard, à l'occasion d'une crise aiguë de coliques néphrétiques traitée par la morphine, je constaterai que ce dérivé de l'opium produit sur moi les mêmes effets que la substance dont il est extrait. J'y suis tout simplement allergique.

Pour les autres, Shanghai l'opiomane n'est ni un cliché, ni un fantasme. Cette drogue - aussi dangereuse que romantique - est connue depuis l'Antiquité, notamment des Sumériens - qui l'avaient surnommée « plante de la joie » - et des Égyptiens. Dans toutes les civilisations, l'usage de l'opium était à la fois rituel et médicinal, celui-ci ayant des effets analgésiques démontrés. Des capsules de pavot grattées et incisées pour libérer une substance laiteuse qui brunit en séchant : c'est ainsi qu'est récoltée la résine d'opium, qui est ensuite fumée.

En Chine, le pavot est présent depuis le VIIe siècle. Mais l'opium, sous sa forme moderne de résine, ne serait apparu que beaucoup plus tard, aux environs du XIIe siècle, époque à laquelle sa consommation était considérée à la fois comme thérapeutique et « récréative ». Jusqu'au XVIIe siècle, les Chinois le consommeront en décoction. Puis ils commenceront à le fumer.

En quelques décennies, tout au long des XVIIe et XVIIIe siècles, la consommation augmente en flèche. Les gouvernements chinois essaient à plusieurs reprises d'endiguer l'importation et l'usage de la « boue étrangère », sans autre résultat que de renforcer la contrebande et la corruption des fonctionnaires. À l'inverse, la Grande-Bretagne s'acharne à négocier la légalisation de la résine, à grand renfort de missions diplomatiques, toutes infructueuses.

Et puis, en 1838, l'Empereur nomme à Canton un haut commissaire spécialement chargé du trafic d'opium, l'inflexible Lin Zexu. Peu à peu, c'est l'escalade redoutée et, en juillet 1839, les canonnières anglaises entrent en action dans le port de Canton, expédiant plusieurs boulets sur le modeste fort chinois. C'est le véritable début de la première guerre de l'opium. À Londres, celle-ci suscite de violents débats.

La guerre prend fin avec la signature du traité de Nankin en août 1842. La Chine est défaite. Elle doit verser 21 millions de dollars à la Grande-Bretagne. Une somme qui comprend à la fois les dommages de guerre mais aussi des indemnités pour... l'opium détruit à Canton ! Le Fils du Ciel doit en outre céder Hong Kong à la Grande-Bretagne et ouvrir au commerce extérieur cinq ports chinois, dont Shanghai. Le texte signé à Nankin demeure flou : le commerce de la résine de pavot n'est pas expressément prohibé. Aux yeux des Occidentaux, cela signifie donc qu'il est admis.

Petit à petit, le négoce s'effectue au grand jour ou presque.

Une deuxième guerre de l'opium se déroule entre 1856 et 1860. Ce conflit larvé voit la France et l'Angleterre s'allier victorieusement contre la Chine impériale. En 1858, le traité de T'ien-Tsin

(Tianjin) confirme et renforce les dispositions de la première série des « traités inégaux »: une plus large ouverture de la Chine au commerce et la création de comptoirs et de concessions.

À partir des années 1860, la Chine connaît une crise économique extrêmement grave. À Shanghai, le montant des importations d'opium dépasse celui des exportations chinoises, toutes denrées confondues.

Réaction des autorités de Pékin en 1887: la création d'une taxe sur les importations d'opium! Mais ces droits de douane sont perçus par une administration que contrôlent les Occidentaux, lesquels se gardent bien de les reverser à l'État chinois... Le gouvernement impérial prend alors une mesure révolutionnaire: pour saboter les importations d'opium en provenance de l'étranger, il décide d'encourager la culture du pavot maléfique sur son propre territoire. Résultat: en quelques années, le pays se métamorphose en un gigantesque champ de pavot, parsemé d'ateliers de transformation et d'une multitude de fumeries plus ou moins tolérées.

Déjà profondément touchée par la drogue, la société chinoise s'enfonce plus encore dans la dépendance : au début du XXe siècle, un Chinois sur cinq est adepte de la résine de pavot.

Pour la drogue, comme pour tous les secteurs du négoce, Shanghai a pris le pas sur Canton. Les fumeries de Shanghai ne cessent de se développer. Dans les années 1870, on estime leur nombre à mille sept cent. Le trafic d'opium prospère ainsi tout au long des premières décennies du XXe siècle. À Shanghai, producteurs et consommateurs adaptent leurs pratiques aux évolutions de législations plus ou moins bien appliquées. Dans les années 1930, le Guomindang, parti nationaliste au pouvoir à Nankin, édicte par vagues successives des mesures quelque peu surréalistes.

En 1936, le parti de Tchang Kaï-chek décrète l'interdiction totale de l'opium et programme sa disparition en moins d'un an. Puis, renversement de tendance entre 1937 et 1945 : les Japonais occupent le pays et encouragent la consommation de la « boue étrangère ». Ils voient dans le thébaïsme un excellent moyen d'assoupir le peuple tout en faisant rentrer de l'argent dans les caisses.

Dans l'immédiat après-guerre, les autorités municipales de Shanghai lanceront de nouvelles campagnes sanitaires et répressives, mais sans grand succès, là encore. Il faudra attendre l'arrivée au pouvoir des communistes en 1949 pour qu'en quelques mois, le problème de la consommation de masse de l'opium en Chine soit réglé. Tout au moins d'après les statistiques...

LE TEMPS DES CONCESSIONS

Sous la nostalgie sépia des cartes postales, le temps des concessions fut, d'abord, celui des affrontements. Les incidents religieux, diplomatiques ou militaires furent nombreux, l'attitude des Occidentaux souvent inflexible.

Sans aller jusqu'à l'affrontement armé, l'attitude de certains de ces « colons » envers la population chinoise fut loin, de fait, d'être toujours exemplaire. Anglais au XIXe siècle, Japonais au XXe ne seront pas pour rien dans l'émergence d'une conscience « nationale » chinoise que viendra, à partir des années 1930, féconder le maoïsme...

L'abominable Mitsuhirato, chef de la police d'occupation japonaise auquel sont confrontés Tintin et Tchang dans *Le Lotus bleu*, n'est pas seulement le fruit de l'imagination d'Hergé. Celui-ci, avant de se lancer dans le deuxième volet des aventures de Tintin en Orient, avait longtemps conservé une représentation « colonialiste » de la Chine, forgée et transmise par les Britanniques. « Pour moi, jusqu'alors, expliquait-il, la Chine était peuplée de vagues humanités aux yeux bridés, de gens très cruels qui mangeaient des nids d'hirondelles, portaient une natte et jetaient les enfants dans les rivières... J'avais été impressionné par des images et des récits de la guerre des Boxers, où l'accent était toujours mis sur les cruautés des Jaunes, et cela m'avait fortement marqué. »

La rencontre avec Tchang, étudiant chinois de vingt-sept ans, comme lui - dont il intégrera le personnage à son histoire -, allait transformer son image de l'empire du Milieu et le faire passer de l'autre côté de la barrière, dénonçant, par-delà l'occupation japonaise, l'occupation tout court.

Spectateur engagé, à travers son héros, aux côtés des Chinois et contre le système des concessions, Hergé est à contre-courant de son époque.

Mais n'en déplaise aux tenants de l'« historiquement correct », Shanghai, bien que profondément humiliée par la présence des concessions, ne fut pas seulement une victime. Marie-Claire Bergère précise très justement : « Contraintes de céder à la force, les autorités chinoises tentent de reprendre l'avantage sur le terrain de la négociation et de la manipulation. » La force du nombre, mais aussi leur habileté permettront aux Chinois d'« endormir » en partie la vigilance de leurs adversaires et d'obtenir, pour eux-mêmes, nombre de... concessions.

Lorsque Charles de Montigny, nouveau consul de France, débarque par un petit matin brumeux de janvier 1848, la cité portuaire, déjà bourdonnante, ne compte... aucun Français, exception faite des missionnaires. Les Américains, les Danois, mais surtout les Anglais, sont déjà là depuis quatre ans. Arrivé en Chine le 8 novembre 1843 avec une suite simplement composée d'un médecin, d'un secrétaire et d'un missionnaire interprète, il vient prendre possession de ses fonctions de consul et ouvrir Shanghai au commerce international, conformément aux stipulations du traité de Nankin. Au dîner, il porte un toast à la grandeur et à l'avenir glorieux du port !

Sa maison, louée à un riche commerçant chinois, donne sur la rue. Charles de Montigny devra attendre juin 1848, six mois après son arrivée, pour rencontrer son premier Français de Shanghai : Dominique Rémi, un horloger originaire d'Issoudun. Disposant - enfin ! - d'un résident, le consul va pouvoir négocier avec les autorités chinoises l'ouverture, à son tour, d'une concession française, telle que prévue dans l'article 22 du traité de Whampoa.

Proclamée le 6 avril 1849, la concession française est de taille modeste : soixante-six hectares seulement, un quart de la concession anglaise instaurée quatre ans plus tôt. Le périmètre est délimité du nord au sud par le Yang King Pang et la vieille muraille, et d'est en ouest par le Huangpu et l'un de ses canaux.

Journaliste au *Temps*, Gaston Donnet décrit ainsi, en 1900, l'ambiance *so frenchy* régnant dans la concession : « Le Français [...] reste français, écrit-il. Il prend son apéritif avec fracas ; il en prend un, on dirait qu'il en prend dix ; l'Anglais en prend dix, on dirait qu'il en prend un. Après le dîner, ce sont d'interminables parties de cartes [...]. La chaleur est étouffante, on sue, on boit, on se dispute, on braille et l'on se sépare toujours bons amis. Chacun retrouve son pousse-pousse à la sortie de minuit et rentre chez soi, à travers les ruelles chinoises. »

À quoi ressemble, précisément, cette ville chinoise environnante que Montigny, puis la communauté française, vont découvrir, mi-stupéfaits, mi-fascinés, et avec laquelle il va leur falloir apprendre à cohabiter ?

Le port, où règne jour et nuit une activité fébrile, est situé en lisière des concessions, sur la rive gauche du Huangpu. Fréquenté par une majorité de Chinois, c'est à la fois le poumon et le cœur de la cité - sa respiration et son organe de vie.

À proximité immédiate du port, presque de plain-pied, se dressent les échoppes colorées et bruyantes des commerçants. Une succession de petits stands, guère éloignés, par leur multitude, leur diversité et leur animation, des souks d'Afrique du Nord.

Dans son livre *Les Français de Shanghai*, Guy Brossollet, ex-traducteur des poésies de Mao, en a dressé une plaisante photographie, à la manière du célèbre inventaire de Prévert. « Ces fous du commerce sont partout, écrit-il. Sur chaque parcelle de trottoir, dans chaque encoignure de porte, à chaque coin de rue passante. Bouilleurs de soupe, dresseurs de merles, nettoyeurs d'oreilles, diseurs d'avenir, jeteurs de sorts, tireurs de pousse, affûteurs de hachoirs, arracheurs de chicots, pousseurs de brouettes, faiseurs d'images, tueurs de rats, cireurs de chaussures, graveurs de sceaux, trancheurs de pastèque, recolleurs de bols, tailleurs de bambou, équarrisseurs de volailles, aplatisseurs de canards, préparateurs d'aphrodisiaques, guérisseurs de fièvre, pointeurs de cure-dents, changeurs de piastres, rapiéceurs de défroques, restaurateurs de plein vent, acupuncteurs pour petites gens, réparateurs de bracelets-montres, bonimenteurs pour demoiselles, rédacteurs de suppliques, pourfendeurs de mauvais esprits »...

Derrière la zone commerciale, entre les concessions et la vieille ville, un faubourg « spécialement marécageux » supportant « des masures minées par les eaux et tombant de vétusté », continue-t-il.

Puis se dresse la muraille, passablement défraîchie et percée de meurtrières, ceinturant la vieille ville. C'est ici, à l'ombre de cette enceinte, que cohabitent, au milieu de ruelles étroites et des odeurs pestilentielles, la très grande majorité des trois cent mille Shanghaiens de l'époque.

M. Ziang-Zi est l'une des personnes les plus attachantes que j'aie rencontrées ici. Je déambulais, ce jour-là, dans les allées du petit parc Xiangyang, au cœur de l'ancienne concession française, observant le spectacle matinal. C'est lui qui, le premier, m'adressa la parole. Première surprise : il parlait parfaitement le français. Seconde surprise : il me connaissait !

En guise de rapide présentation, il me tendit une carte et me dit qu'il avait lui-même été médecin. Lisant le français, il avait lu, naguère, l'un des mes articles, vu ma photo, et rapproché mon nom de celui de mon grand-père Robert, son maître en pédiatrie.

Dès les premiers instants, j'ai été sensible à la chaleur et à la sincérité de cet homme. Je lui proposais de me guider quelques instants dans l'ancienne concession, à la recherche des trésors enfouis de cette ville habitée par les souvenirs.

C'est ainsi qu'il me conduisit, non loin du parc, au numéro 2-44 de la rue Yangqing, où une courette plantée de... palmiers est entourée de maisons jaunes à volets verts. C'est à cet emplacement, me raconta Ziang, que venait souvent l'un des maîtres aventuriers de Shanghai dont je n'avais, à dire vrai, jamais entendu parler : Frederick T. Ward, surnommé « le mercenaire de l'Empire ».

Marchant d'un pas alerte malgré ses quatre-vingt-deux printemps, mon guide me fit découvrir aussi, à l'occasion de cette première rencontre, l'histoire des *lilong*, ces passages étroits à ciel ouvert typiques de l'ancienne architecture urbaine de Shanghai. Celui devant lequel il m'arrêta a été classé par la municipalité : c'est la célèbre cité, blanchie à la chaux, dite de Shaanxinanlu.

– Les *lilong* aussi font partie des héros de notre ville, plaisanta Ziang.

De nos jours, il ne reste plus grand chose de ces petites allées mystérieuses, appendices discrets de plusieurs grandes artères de l'agglomération. Composés de plusieurs ruelles étroites, ces micro quartiers, traversés de banderoles à idéogrammes, tapissés d'affiches et décorés de calicots multicolores, étaient le plus souvent habités par des migrants chinois de même origine géographique.

Pour qui s'y promène un soir d'été, c'est partout la même ambiance : afin de profiter de la fraîcheur, les habitants n'hésitent pas à sortir fauteuils, transats et même leurs lits, sur lesquels ils s'installent à même le trottoir, dans un joyeux capharnaüm.

Ce n'est qu'en 1997, à l'issue d'une correspondance épistolaire de deux ans amorcée l'année de notre rencontre, que Ziang me raconta sa propre jeunesse shanghaienne et comment il faillit, lui l'étudiant en médecine, y mourir d'amour pour une belle Occidentale.

Marie-Josèphe habitait une belle maison, aujourd'hui disparue, du quai de France (rebaptisé Zhongshan Donglu) dans la concession française. Âgée de vingt-cinq ans, comme Ziang, elle était la fille unique d'un ancien commerçant en toile du Cantal, reconverti et enrichi dans l'importation de la soie...

Élevé par une « nounou » indochinoise parlant le français et traducteur occasionnel pour le consulat, le jeune homme, fils d'un riche négociant travaillant avec la France, se vit proposer de lui donner quelques cours de chinois :

– Elle était belle et timide. Le coup de foudre a été réciproque, me confia-t-il pudiquement.

Mais le père s'opposa à cet amour naissant. Son travail de précepteur prit fin. Ziang fut sommé de ne plus revoir Marie-Josèphe. Pendant près d'un an, ils se retrouvèrent en cachette. Leur terrain de rencontre : la concession française, que la jeune fille n'avait pas l'autorisation de quitter, et dont ils connurent rapidement chacun des recoins par cœur :

– Elle ne savait jamais si elle pourrait ou non se libérer. Aussi avions-nous fixé une règle : les jours pairs, je l'attendais devant l'entrée du parc Ruijin, juste derrière le cynodrome, où avaient lieu des courses de lévriers ; les jours impairs, c'était devant les bureaux de la société « Racine & Cie », sur le Bund.

Mis au courant de la poursuite de leur liaison (tout ce qu'il y a de plus platonique, me précisa-t-il en rougissant), le père de Marie-Josèphe, furieux, intervint auprès du consulat de France, déposant plainte contre Ziang. Celui-ci se vit signifier l'interdiction de pénétrer dans la zone française. N'y tenant plus, il se glisse le jour suivant au milieu d'un groupe de livreurs de riz, et parvient jusqu'à la maison de Marie-Josèphe... juste au moment où le père en sortait. Battu par les soldats venus l'interpeller, il a seulement le temps d'apercevoir sa « fiancée », accourue sur place. Ce sera la dernière fois.

– J'ai détesté les Français, me raconte-t-il, sauf elle...

Médecin militaire, puis détaché au service des fonctionnaires municipaux, Ziang, devenu mon ami, consacre aujourd'hui son temps à l'écriture et à la lecture de contes pour enfants – qu'il n'a jamais eus...

Son histoire, triste, romantique et passionnée, mélange d'amour et de haine contre « l'occupant » français, est à l'image de ce temps des concessions. Fragile, mais éternelle.

LE FABULEUX DESTIN DE MONSIEUR DE MONTIGNY

C'est François Guizot, alors au Quai d'Orsay, qui décide en 1844 d'envoyer en Chine une délégation de diplomates dirigée par Théodore de Lagréné. Une tardive mais sage décision, car le temps presse : du point de vue diplomatique et commercial, les Anglais ont pris, dans les circonstances que l'on sait, une avance considérable dans leur implantation, en particulier à Shanghai.

Membre de la mission française, Montigny ne manque ni de courage, ni de panache. Avant de devenir diplomate et d'accepter de s'installer à Shanghai, ce soldat auréolé de prestige a posé ses exigences : pas question de partir sans sa femme et ses deux petites filles. En janvier 1848, il débarque à Shanghai. Seuls quelques dizaines d'Européens vivent au bord du Huangpu. Montigny dispose d'une recommandation auprès de missionnaires français, des Jésuites, auxquels il loue sa première maison, une modeste bicoque. Les murs sont de boue séchée, le sol de boue tout court. Mais les apparences sont là : Montigny a apporté dans ses bagages un drapeau français qu'il fait immédiatement hisser sur le toit de la cahute.

Dans les mois qui suivent, le consul et sa famille devront évacuer leur logis à plusieurs reprises. En été, lors des crues du Huangpu, les eaux en recouvrent le sol. Alors, seul le drapeau tricolore, dérisoire bannière cerclée par les flots de vase, atteste la présence française en ces lieux.

Les missionnaires, au nombre d'une demi-douzaine, sont les seuls Français de Shanghai. Le nouveau consul va en faire ses alliés.

« Républicain », mais point hostile aux missionnaires, Montigny n'aura pas trop de difficultés à tirer son épingle du jeu. Le consul a l'esprit pratique et conquérant. « Un homme brave et un brave homme » diront de lui les Shanghaiens. Quelques jours après son arrivée, il apprend que deux membres de la compagnie de Jésus ont été menacés par des brigands. Sans se poser plus de questions, il saute aussitôt sur sa chaise à porteurs et file à leur secours, armé de son fusil - une arme dont il se séparera rarement et dont il n'hésitera pas à faire usage.

Les bons pères comprennent immédiatement qu'ils pourront compter sur lui.

Rapidement, Montigny va aussi se présenter aux Anglais. Atout non négligeable pour le consul de France : il dispose de solides notions de la langue de Shakespeare, acquises en côtoyant les combattants britanniques sur les champs de bataille du Péloponnèse. Le consul d'Angleterre, Alcock, l'accueille avec circonspection :

- J'ai beaucoup entendu parler de vous, monsieur de Montigny. N'avez-vous point connu mon compatriote George Gordon ?

- Vous voulez parler de Lord Byron ? Oui je l'ai rencontré en 1823, en Grèce. Un homme remarquable.

- Savez-vous qu'il est plus populaire en France qu'en Angleterre ? Chez nous, il passe pour un anticonformiste et un débauché.

- Nul n'est prophète en son pays, comme disent nos bons pères missionnaires, glisse Montigny.

L'austère consul Alcock réprime un sourire. Il aime plaisanter, mais à la condition que cela ne se voie pas.

- Votre maison vous donne-t-elle satisfaction? demande le Britannique, un rien perfide.

- Elle n'a rien à voir avec le faste de ce palais, réplique Montigny en observant le coquet intérieur de la maison de style anglo-indien. Il faut d'ailleurs que je songe à trouver d'autres terres et demeures à louer pour moi-même et mes compatriotes. Le fin négociateur que vous êtes aurait-il quelques conseils à me donner? J'ai appris que vous aviez mené de main de maître vos pourparlers avec le gouverneur.

- Merci pour vos appréciations flatteuses. Je suis certain que vous saurez vous y prendre aussi bien que moi. Mais il vous faudra de la patience et du tact, beaucoup de tact, avec ce *dear governor* Lin Koueï. Même si notre diplomatie a connu quelque succès, je ne suis pas convaincu d'avoir su percer à jour cet individu. « Nous savons si peu ce que nous faisons en ce monde que je doute même que le doute soit vraiment l'action de douter », dit-on dans mon pays...

– Je vois que vous connaissez l'œuvre des poètes dévoyés, relève Montigny. Il me semble que cette phrase est de Byron.

– Bravo, monsieur le Consul, c'est exact. Mais ici, je vous conseillerai plutôt la lecture de Lao-Tseu.

– Philosophie trop contemplative à mon goût. Je préfère Confucius : « Celui qui ne progresse pas chaque jour, recule chaque jour. »

– Il a dit également : « Pas trop d'isolement ; pas trop de relations ; le juste milieu, voilà la sagesse. »

– Je m'en souviendrai. Merci de votre accueil, monsieur le Consul.

À sa deuxième visite, Montigny donne du *my dear friend* au consul Alcock. Ce dernier voit en lui un concurrent, et l'avenir lui donnera raison, mais il est séduit par la franchise et l'enthousiasme du personnage.

Quelques jours après sa prise de fonctions, Montigny connaît toute la colonie occidentale. À l'exception du consul américain, qui craint que les démarches françaises ne donnent des idées à d'autres nations, les Occidentaux lui font bon accueil. Les attractions sont rares à Shanghai et chaque entrevue avec Montigny en est une.

Au cours de l'année 1848, une poignée de marchands français viennent renforcer les rangs de la microscopique colonie. Ils veulent développer leurs affaires à Shanghai et ont besoin de terrains. Le consul de Montigny va se charger des négociations avec l'administration chinoise.

Assisté de Kleczkowski, son interprète, Charles de Montigny engage les discussions avec Lin Koueï, l'intendant du district. Tout au long de l'année 1848, Montigny négocie le principe d'une concession, sous forme d'une location de longue durée de terrains situés dans la zone marécageuse, que son esprit imaginatif a déjà transformé en futur quartier français.

Les négociations avec le *taotai* ne progressent que pas à pas. Ce dernier a besoin de temps pour saboter la concrétisation future des pourparlers.

En janvier, un premier terrain est enfin concédé à un commerçant français, Dominique Rémi, l'horloger d'Issoudun !

La nouvelle maison de Montigny, qui fait également office de consulat, est sise dans ce périmètre. Peu à peu, une petite enclave française se constitue, à quelques centaines de mètres au nord des murs d'enceinte de la vieille ville chinoise.

En avril, Montigny parvient enfin à extorquer au *taotai* un document délimitant le périmètre de la concession française : une soixantaine d'hectares.

Montigny a atteint son but politique, et, sur le plan économique, la situation ne tarde pas à évoluer. Le pionnier du commerce français à Shanghai n'est autre que Dominique Rémi. Après un fructueux séjour de quelques années à Canton, il décide de rallier Shanghai où il pratique ce que l'on appellerait de nos jours de l'import-export : l'homme achète de la soie et vend du vin, des vêtements et de la quincaillerie. Durant les années 1850, ses affaires prospèrent. Il embauche des employés et s'associe avec son neveu Richard. Mieux : en 1860, les deux associés épouseront en France les sœurs Montigny, propres filles du consul, ces deux fillettes qui, douze ans plus tôt, débarquaient à Shanghai dans les bras de leur aventurier de père.

Attirées par cette réussite, d'autres maisons de commerce se créent à Shanghai dans les années 1850. En 1853, Montigny cède son poste à un autre consul, M. Edan, ancien employé de Rémi.

Après un détour par Saïgon pour négocier la cessation des persécutions sur les missionnaires – ces pourparlers se solderont par un échec et la situation se réglera au canon, débouchant sur la conquête de la Cochinchine par la France – l'ancien consul demeure influent dans la ville, mais « l'ère Montigny » est terminée.

Jusqu'en 1943, une artère de la concession portera son nom : le boulevard de Montigny. Le seul hommage jamais reçu par cet homme méconnu. Mais d'exception.

L'IRRÉSISTIBLE ASCENSION DE MONSIEUR DU

Le parc Fuxing est un magnifique écrin de végétation au cœur de l'ancienne concession française, à quelques pas de la maison de Sun Yat-sen, au 26 de l'ancienne rue Molière (l'actuelle Xiangshan Lu). La promenade dans les allées est enchanteresse au point que le temps semble s'y être arrêté. On y croise des sportifs, des chorales, des adeptes des échecs chinois, le *xiang qi*.

En tendant l'oreille, on peut même percevoir des conversations en français, langue encore usitée par de vieux Chinois ravis de pratiquer l'idiome de leur enfance.

Le parc a été conçu et construit par les Français au début du XXe siècle et fut, entre autres, le théâtre des sombres complots ourdis par un illustre habitant du quartier, l'un des plus célèbres et des plus puissants bandits de Shanghai, Du Yuesheng, dit M. Du.

Celui-ci est né en 1888 à Pudong, dans le miséreux quartier de la rive est du Huangpu, aujourd'hui transformé en centre des affaires et hérissé de gratte-ciels.

Du Yuesheng commence sa « carrière » comme simple truand, avant d'être remarqué par l'un des chefs de la sinistre Bande Verte, le gang le plus féroce et le plus puissant de Shanghai, dont il gravira méthodiquement tous les échelons. Grâce à sa démographie galopante et au désordre qui caractérise le monde des « concessions », Shanghai constitue, dès le XIXe siècle, le terreau idéal des organisations criminelles.

Les gangs se partagent la ville au gré des alliances entre parrains, des prises de pouvoir et des règlements de comptes. Ils entourent de leur « protection » bon nombre de commerces légaux, de cercles de jeu, ainsi que la prostitution et, comme il se doit, le trafic d'opium.

Dans les premières années du XXe siècle, le conseil municipal de la concession internationale de Shanghai affiche pourtant une certaine détermination dans la répression de la drogue. M. Du sent le vent tourner, et en 1924, délocalise ses activités dans… la concession française. Un accord secret a été conclu avec les autorités consulaires : la vente et les fumeries d'opium sont légalisées dans le quartier français contre le versement annuel de plusieurs millions de dollars ; la Bande Verte doit simplement s'abriter derrière une société écran.

Du Yuesheng entretient d'excellentes relations avec la police française grâce aux pots-de-vin qu'il lui verse et au menu fretin de la pègre qu'il dénonce lorsque ses membres ont cessé de lui être utiles. Mieux : son ancien mentor au sein de la Bande Verte, Huang Jinrong, plus connu sous le sobriquet de Huang-le-grêlé, est également membre des forces de police de la concession.

Du Yuesheng est également bien en cour avec les différentes factions politiques chinoises. Pour le petit peuple, c'est un honnête homme, un notable, un patriote et même un bienfaiteur.

À bientôt quarante ans, le parrain est un homme riche, mais il ne renie pas ses origines modestes. Il aime improviser quelques flâneries dans les rues de la concession, en tenue traditionnelle, calot et longue tunique de couleur sombre. C'est un homme de taille moyenne, à la chevelure noire et drue. Mais ce qui frappe le plus, c'est son regard noir, vif, pénétrant.

En cette fin de matinée humide du 21 mars 1927, M. Du sort de l'immeuble qu'il a fait construire rue Wagner, une voie commerçante proche du poste de police Joffre. Le bâtiment abrite ses compagnies d'assurance. Il est préoccupé, mais il n'en laisse rien paraître. Depuis plusieurs jours, la ville est en proie à des mouvements de grève. Du Yuesheng n'y est pour rien et cela l'agace au plus haut point. Le chef est un homme d'ordre - le sien de préférence. Il observe la foule des petites gens. Rien ne lui échappe. Il glisse la pièce à un mendiant, salue un obligé. Évoluant au milieu des bruits et des senteurs qui s'échappent des échoppes des coiffeurs ambulants, des petits vendeurs de canne à sucre et des marchands de soupe, il se rappelle la brève période où il tenait, lui aussi, un étal de fruits - l'une de ses rares activités licites. C'était dans une autre vie, avant son entrée à la Bande Verte. Avant le début de son irrésistible ascension.

Aujourd'hui, il est adulé. Et craint.

Il continue son chemin jusqu'à la rue du Consulat, toute proche, l'une des artères les plus animées de la ville. En ce 21 mars 1927, c'est bien un événement historique majeur qui est en train de menacer le bel édifice de Du. Depuis quelques jours, les ouvriers communistes de la métropole ont déclenché une insurrection, qui a abouti à la création d'un gouvernement révolutionnaire provisoire. C'est la « Commune de Shanghai », dont l'épopée sera retracée par Malraux dans *La Condition humaine*.

Durant ces instants où se joue le destin de Shanghai, Du Yuesheng va exercer un rôle capital. Il parvient à limiter l'ampleur des grèves, faisant ainsi le jeu de Tchang Kaï-chek et des nationalistes du Guomindang, à la fois alliés et rivaux des communistes dans la lutte pour le pouvoir.

Au début des années trente, le chef de la Bande Verte est à la fois le plus puissant parrain de la ville et un acteur politique de premier plan, allié incontournable des Français et du Guomindang. À ce titre, Yuesheng est même admis à siéger au sein de la commission municipale provisoire de la concession française – une nomination qu'il doit au consul de France en personne. Ironie de l'histoire : cette commission provisoire avait été instaurée en 1927 par le même consul afin de se substituer au précédent conseil municipal jugé... trop corrompu !

En 1931, Du fait construire à Pudong, son quartier natal, un « temple ancestral » dédié à la gloire de sa lignée, mais surtout à la sienne propre. La fête dure trois jours. Des milliers de Shanghaiens défilent en cortège pour lui rendre hommage.

Mais le notable est avant tout un expert du crime : tout juste érigé, le temple ancestral devient un sanctuaire... de la drogue : Du Yuesheng y installe une usine de transformation de l'opium en morphine.

Sous les pressions américaines et britanniques, le gouvernement français se voit contraint de réagir.

L'attaque de Shanghai par les Japonais, en janvier 1932, va lui en donner l'occasion : l'état d'urgence est déclaré dans la concession ; les responsables de la police les plus corrompus sont remplacés ; quant à Du, il est évincé de la commission municipale, qui le prie d'aller exercer ailleurs ses multiples talents. Il va donc déménager une nouvelle fois et s'établir à quelques centaines de mètres de là, dans la ville chinoise. Ses stocks d'opium sont transférés sous la protection de la police française.

Des rumeurs lui attribuant une part de responsabilité dans plusieurs décès le gênent cependant ; le chef de la Bande Verte change une nouvelle fois de quartier et se met en quête de nouveaux partenaires. Il n'aura pas à les chercher bien longtemps : Tchang Kaï-chek, le chef du gouvernement de Nankin, n'est pas un ingrat. Il sait ce qu'il doit à Du Yuesheng depuis le soulèvement communiste.

Du conclut avec la municipalité chinoise de Shanghai un contrat qui lui octroie l'exclusivité de la diffusion de l'opium (dont toute vente est interdite hors du monopole d'État depuis 1919). En vertu d'un accord secret, la police chinoise protège ses activités contre les attaques potentielles des bandes rivales.

En sa qualité d'« expert » - cela ne s'invente pas ! -, Du Yuesheng fait même son entrée au... Bureau des douanes et à la Commission de suppression de l'opium ! Ces fonctions lui permettent de s'accaparer les marchandises de contrebande saisies et de les réinjecter dans le marché « légal ». Les profits de ce trafic étant judicieusement partagés avec le Guomindang et les autorités de la ville chinoise, Du Yuesheng étend encore son emprise sur la société shanghaienne.

Maire de Shanghai ? Tous les historiens s'accordent à le reconnaître : le chef de la Bande Verte le serait assurément devenu si le conflit sino-japonais n'avait éclaté à l'été 1937.

La même année, les puissances occidentales renoncent à leur autorité sur les concessions au profit du gouvernement pro-japonais de Nankin. Mauvais pour les affaires de Du, fervent « patriote », lequel s'exile alors à Hong Kong, où il a pris soin de transférer au préalable une partie de ses affaires et de sa fortune. Là, il tentera une reconversion dans les jeux et l'import-export, mais son cœur restera à Shanghai.

Pour le gamin de Pudong, qui mourra dans son lit en 1951, deux ans après l'arrivée au pouvoir de Mao, rien ne sera plus jamais comme avant. Pour Shanghai non plus.

SHANGHAI LA VÉNÉNEUSE

S'il n'y avait eu que l'opium ! Mais les Occidentaux ont aussi importé en Chine et à Shanghai une autre addiction : celle du jeu, dans sa version moderne et « industrielle ». Les Chinois ont toujours adoré jeux et paris.

Revenons au début du XIXe siècle, juste avant le temps des concessions. L'homme de la rue pratique alors volontiers la « loterie des Fleurs », née dans la province du Zhejiang au sud de Shanghai. Cette version pré-moderne de notre loto se déroule en plein air, dans des échoppes ou chez l'organisateur. Un jeu de trente-six figurines (symboles ou animaux) est jeté dans un épais rouleau de carton ou de bois. Tout le monde parie, l'organisateur mélange le tout, puis pioche une figurine. Les joueurs ayant prédit le tirage remportent la mise...

En quelques décennies, ce jeu se répand dans toute la Chine.

Le petit peuple en raffole, et nombreux sont les pères de famille à y laisser leur chemise. Au point qu'à l'aube du XXe siècle, les autorités impériales tentent d'interdire la loterie. Résultat : celle-ci devient clandestine, ce qui n'affecte en rien l'attrait qu'elle exerce sur les foules, ni le nombre de ses adeptes.

Dans les quartiers étrangers de Shanghai, le jeu n'est pas interdit, bien au contraire. Désormais pourchassés au regard de la loi chinoise, les organisateurs sont accueillis à bras ouverts par les autorités des concessions. La pratique de la loterie est même encouragée, moyennant, comme de coutume, une taxation prélevée par les administrations occidentales.

Dans les concessions, les autorités françaises et anglo-américaines vont également introduire d'autres jeux, jusqu'ici inconnus de la population chinoise.

C'est grâce aux Britanniques que résonnent les premiers coups de pistolets-starters. Dès les années

1850, ils construisent plusieurs hippodromes et terrains de polos sur le territoire de leur quartier. Et lorsqu'il s'agit de bâtir un nouvel hippodrome, les Britanniques, avec la complicité de fonctionnaires chinois, font engager des procédures d'expulsion hors de la concession de dizaines de paysans. Dans un premier temps, l'accès aux champs de courses est réservé aux étrangers. Les Chinois parient depuis les abords des hippodromes, où les bookmakers ont installé des tribunes de fortune. L'interdiction sera levée en 1909.

Cette année-là également, un riche Chinois construit un hippodrome « international » auquel peuvent accéder ses compatriotes. Les parrains des gangs de Shanghai l'imitent quelques années plus tard. Le turf est affaire de professionnels ; il ne saurait, ici comme ailleurs, être laissé entre les mains des « caves ».

Le « Jardin des plaisirs » est le fruit d'une heureuse coopération entre les mafieux - menés par l'omniprésent Du Yuesheng - et l'Association des commerçants français, qui imposent la pelote basque !

Les compétitions se déroulent dans le Parc des Sports, érigé dans la zone française. Le succès n'est pas immédiat, car les Chinois se montrent réticents à parier sur ce sport inconnu, aux règles étranges, pratiqué uniquement par des compétiteurs occidentaux. Mais la passion du jeu et des paris, là encore, finira par l'emporter.

Dès les années 1910, les cercles de jeux, clandestins mais tolérés, se développent dans les enclaves occidentales. Ces établissements sont tenus par les gangs, mais chacun a sa spécialité, ce qui aplanit les rivalités.

Ces lieux de perdition bénéficient également de la bienveillance (rémunérée) de la police.

La fin des années 1920 voit l'essor des casinos et enfin, les « girls »!

C'est le dernier terme de la trilogie de la luxure dans Shanghai la vénéneuse et, cette fois, les étrangers n'y sont pour rien, au moins dans un premier temps. La ville, en effet, a une longue tradition de prostitution. Elle s'est notamment développée à l'occasion du premier coup d'accélérateur démographique et économique de Shanghai, à la fin de la dynastie Qing, en 1644, bien avant les guerres de l'opium. À cette époque, la majorité des courtisanes de la région étaient également actrices et chanteuses. Elles exerçaient leurs talents pour un petit cercle de clients chinois cultivés dans des lieux étrangement dénommés... « maisons des livres » ou « maisons des réviseurs de livres ».

Au début du XXe siècle, les premières prostituées de rue font leur apparition. 1915 : les filles de joie sont au nombre de quatre à cinq mille dans la seule concession française – qui compte alors quatre cent mille habitants.

Les courtisanes chinoises doivent bientôt affronter la concurrence de demi-mondaines venues des États-Unis et de France. À partir des années 1920, de jeunes Russes blanches aux dents longues et aux charmes ravageurs investissent la place et font une entrée fracassante dans la mythologie shanghaienne du trottoir. Pratiquant leurs spécialités aussi bien dans les bordels minables (les *ham shops*, c'est-à-dire charcuteries, selon le terme en vogue chez les marins américains) que dans les suites des grands hôtels, certaines d'entre elles acceptent les clients issus du petit peuple chinois, ce qui n'est pas le cas de toutes les travailleuses du sexe occidentales.

Dès le début du XXe siècle, la prostitution fera l'objet de plusieurs vagues d'interdictions jamais très efficaces - excepté peut-être pour l'amélioration du niveau des revenus des fonctionnaires. Après leur arrivée au pouvoir en 1949, les communistes décideront de traiter le problème « dans une perspective de lutte des classes ».

Dans les années 1990, la presse internationale recommencera à se faire l'écho de la pratique des « concubines », ces maîtresses élégantes et dépensières, que tout homme d'affaires argenté se « doit » d'entretenir dans une vie parallèle. En fin de semaine, lorsque leurs bienfaiteurs s'absentent pour retrouver leur épouse légitime, ces jeunes femmes modernes et libérées trompent leur ennui (et éventuellement leur amant) en portant leurs cartes de crédit à des seuils proches de l'incandescence, pour le plus grand bénéfice des enseignes de luxe.

Une anecdote qui ne trompe pas : Shanghai compte aujourd'hui plusieurs centaines de bureaux de détectives privés, chargés de traquer les businessmen volages et de rapporter les preuves de leurs forfaits. Les employées de ces officines sont souvent de charmantes et accortes jeunes femmes, bardées de caméras et d'appareils photos miniatures - lesquelles passent plus facilement inaperçues que des costauds à oreillettes et lunettes noires.

Opium, jeu, truands-notables, prostituées mâtinées de Mata Hari... À l'évocation de ce Shanghai du début du XXe siècle, je ne peux m'empêcher de penser à une autre ville chinoise, que j'ai visitée longtemps avant Shanghai : Macao.

LE RÊVEUR DE LA RÉPUBLIQUE

Depuis une terrasse surplombant le Bund, j'observe l'abondante circulation de cette large avenue. Au loin, un cargo fait résonner sa corne de brume. Voici qui nous ramène près d'un siècle en arrière, à un autre tournant de l'histoire de la Chine.

Posté à l'avant du bateau sur lequel il a embarqué quatre jours plus tôt à Hong Kong, Sun Yat-sen tente, le 25 décembre 1911, d'apercevoir le débarcadère. Mais le docteur Sun ne voit rien, le brouillard est trop dense. L'homme va avoir quarante-six ans. Au long des deux dernières années, le plus célèbre opposant au régime impérial mandchou (dynastie des Qing) s'est lancé dans un énième tour du monde pour recueillir des fonds.

Sun est de retour en Chine. Au début du mois de novembre, la ville de Shanghai est tombée aux mains des insurgés en lutte contre le gouvernement impérial. Le pouvoir est à prendre et les candidats sont nombreux. Le 29 décembre, Sun est élu président par l'Assemblée des délégués provinciaux, qui siège désormais à Nankin. Trois jours plus tard, la république est proclamée. Mais lui n'est au pouvoir que pour quarante-six jours seulement !

Étonnant parcours que le sien. Sun Yat-sen est né en 1866 dans une famille de paysans pauvres, dans le village de Cuiheng, près de Macao, dans le Cantonnais. À l'âge de treize ans, il rejoint son frère aîné, Sun Mei, à Honolulu, dans les îles Hawaï, où celui-ci a fait fortune. Ce pays s'est ouvert au commerce avec l'Occident depuis 1849. Les États-Unis, tout proches, y sont très influents. Le jeune Sun Yat-sen effectue sa scolarité en anglais dans une institution religieuse britannique. Il se familiarise avec la culture occidentale et, sous l'influence de ses professeurs missionnaires, avec la religion chrétienne. Après l'annonce de sa volonté de se convertir, l'adolescent est promptement renvoyé chez ses parents, qui l'expédient à Hong Kong poursuivre ses études secondaires.

En 1884, le jeune homme, âgé de dix-huit ans, se fait baptiser par un pasteur protestant. En représailles, son frère aîné lui coupe les vivres. Cette même année, Sun se marie avec Lu Muzhen, une jeune fille de son âge. Le mariage est arrangé entre les deux familles, selon la tradition. Les deux époux n'ont rien à dire, et ils ne disent rien. Avec l'aide de ses maîtres protestants, Sun s'engage dans des études de médecine qu'il effectue à Canton et à Hong Kong. Il obtient son diplôme en 1892.

Durant ses années d'études, Sun Yat-sen fait aussi de la politique. Il profite de l'ouverture relative de cette région de la Chine à l'Occident. Il développe également un réseau de solidarités régionales qui lui permettront plus tard d'incarner la Chine du Sud aux yeux de ses compatriotes et des leaders politiques révolutionnaires.

À vingt-huit ans, le jeune homme n'a que très brièvement exercé sa profession de médecin, lorsqu'il décide d'embrasser une nouvelle vocation : la rébellion. Sun Yat-sen court annoncer la bonne nouvelle à son grand frère qui, heureuse coïncidence, a recommencé à le subventionner.

En novembre 1894, il fonde à Hawaï le Xingzhonghui (littéralement « Société pour le redressement de la Chine »). Le chef de la Renaissance chinoise commence à parcourir le monde. À l'automne 1896, il est à Londres où se déroule un épisode rocambolesque qui contribuera à forger sa légende. Le 11 octobre, il est capturé par les services de la représentation diplomatique chinoise dans la capitale britannique.

Les autorités chinoises souhaitent « exfiltrer » le trublion et le transférer clandestinement en Chine, histoire de lui parler du pays. Mais Sun compte des amis à Londres, au nombre desquels le docteur Cantlie, un Écossais dont il a été l'élève à l'École de médecine de Hong Kong. Le médecin remue ciel et terre; il prévient la police et les journaux. L'affaire éclate au grand jour. Et, au pays de l'habeas corpus, la séquestration est plutôt mal considérée.

En 1897, Sun est au Japon, où il a de nombreux sympathisants. En 1903, il séjourne à Hanoi, capitale de ce qui s'appelle alors le Tonkin, un protectorat français. Il y prend un premier contact avec les conseillers du gouverneur général, le futur président de la République française Paul Doumer. Le Japon est en train de pacifier - temporairement - ses relations avec la Chine et l'ardeur de son soutien à Sun Yat-sen s'en ressent. Ce dernier, soucieux d'accroître et de diversifier ses relais diplomatiques, propose donc ses services à la France.

Le marché est le suivant : Sun œuvrera en faveur de la France auprès de ses partisans en Chine et de ses alliés des sociétés secrètes ; en contrepartie, la France lui fournira des armes et des fonds. Par la suite, il rencontrera à plusieurs reprises des officiers et des espions français et leur livrera des informations sur l'état des forces politiques en Asie, notamment dans sa région natale de Chine du Sud.

Lorsque Sun Yat-sen revient à Tokyo à l'été 1903, la plupart de ses partisans ont déserté son mouvement au profit du Parti de la Protection de l'Empereur, une formation rivale et d'inspiration réformiste. Sun doit reconquérir ses propres troupes.

En 1905, c'est au Japon qu'il s'emploie à reconstituer le camp de ses partisans. Une nouvelle organisation fédératrice des forces révolutionnaires chinoises voit le jour l'été 1905, dans la douleur, tant les méfiances et rivalités sont aiguës. Elle est baptisée la « Ligue jurée » et compte à ses débuts moins d'un millier de membres.

En 1907, le gouvernement japonais, qui souhaite normaliser ses relations avec Pékin, expulse Sun Yat-sen. Celui-ci reprend ses errances asiatiques : Hanoi, Singapour, Penang (en Malaisie), où il crée et encourage les sections locales de son parti.

Pendant la période 1907-1911, Sun et ses agents en Chine organisent ou appuient une demi-douzaine de mouvements insurrectionnels locaux, principalement dans le sud du pays, là où les réseaux du chef de la Ligue jurée sont les plus actifs ; des révoltes qui ne seront suivies d'aucun effet politique notable.

Le 10 octobre 1911, c'est l'insurrection de Wuchang, dans la province du Hubei. Sun et ses lieutenants ne prêtent que peu d'attention à ce soulèvement, un parmi tant d'autres. Mais au cours du mois d'octobre, le mouvement gagne la région de Shanghai et Nankin. La Ligue y dispose de réseaux plus structurés et prend la direction des opérations. Les représentants de l'État impérial sont démis de leurs fonctions par la force et les insurgés proposent de nombreux postes aux commerçants et notables shanghaiens chinois pour s'assurer leur soutien. Ceux-ci, conquis par les charmes du progrès au contact des Occidentaux, avides de démocratie et de modernité, les acceptent avec enthousiasme.

Le premier jour de l'année 1912, la Chine devient une république. Le jeune empereur Pu Yi ayant abdiqué, Sun tente de négocier avec Yuan Shikai les équilibres politiques et les choix stratégiques qu'il souhaite voir respectés pour l'avenir. C'est un grand rêveur. Les membres de la Ligue jurée veulent obtenir le maintien de l'Assemblée à Nankin. Yuan Shikai, à la suite d'habiles manœuvres, dont des émeutes « populaires » qu'il a lui-même provoquées puis réprimées, y parvient: Pékin est le symbole de la Chine du Nord, par opposition à la Chine du Centre et du Sud, incarnées par le Cantonnais et l'axe Shanghai-Nankin.

Vaincu, Sun Yat-sen abandonne ses fonctions le 1er avril et se place en retrait. Dans les années qui suivent, il surprend : il fait allégeance à Yuan Shikai, qui a pourtant manigancé les assassinats de plusieurs de ses amis et a confisqué la démocratie. L'éphémère président Sun accepte même une mission de développement des chemins de fer en Chine !

C'est son lieutenant Song Jiaoren qui prend en charge la fondation du Guomindang, le parti nationaliste. L'objectif de ce mouvement est d'organiser la résistance politique au pouvoir de Yuan Shikai et des « nordistes ». Le Guomindang, successeur de la Ligue jurée, est présidé par Sun, mais c'est Song Jiaoren qui y exerce le pouvoir. Durant l'hiver 1912-1913, celui-ci remporte les élections. Selon la logique constitutionnelle, Song devra occuper le poste de Premier ministre, depuis lequel il entend bien contrebalancer le pouvoir de Yuan Shikai. Mais ce dernier le fait assassiner en pleine gare de Shanghai !

Prenant conscience du danger, Sun se retourne vers les amis qu'il a conservés au Japon et tente d'orchestrer une riposte politique et militaire. Mais Yuan Shikai est le plus fort. Il assoit son pouvoir sur la majorité du pays, à l'exception de quelques provinces dont les gouverneurs font sécession. Le Guomindang est dissous.

Sun Yat-sen et une poignée de collaborateurs prennent à nouveau le chemin de l'exil vers le Japon, à l'été 1913. Sun est rejoint par sa femme et ses enfants. À la même période, il rencontre Song Qinling, la fille d'un marchand cantonnais lui aussi réfugié à Tokyo. Elle devient sa secrétaire, puis plus que cela. Lorsque le père de la jeune fille décide de repartir à Shanghai, Song Qinling lui annonce qu'elle souhaite rester auprès de Sun. Le père refuse et l'emmène de force.

En octobre 1915, Song Qinling, qui n'a que vingt-deux ans, s'évade et se marie avec le docteur Sun, qui en a presque cinquante. Sun, tout comme son beau-père, est chrétien. Il n'a même pas pris la peine de divorcer de sa première femme. L'affaire fait scandale aussi bien chez les amis occidentaux de Sun que dans son entourage chinois.

Depuis le Japon, Sun organise la énième réforme de son parti révolutionnaire et tente vainement d'organiser une insurrection en Mandchourie en 1914, puis une autre à Shanghai en 1916.

En mai 1916, il obtient du gouvernement chinois l'autorisation de regagner Shanghai. En 1918, il est nommé directeur du gouvernement militaire de Canton au même titre que sept autres chefs de clan. En réalité, il s'agit d'une rétrogradation.

Il refuse le camouflet et choisit d'établir ses pénates à Shanghai. En compagnie de Song Qinling, il s'installe dans la concession française, au 26 de la rue Molière, une coquette maison entourée d'un petit jardin. Il a décidé de se consacrer à la rédaction de son œuvre politique.

Sur le plan intérieur, Sun ressuscite le Guomindang dont nombre de militants continuent de se réclamer, malgré sa dissolution par le président Yuan Shikai en 1913. Mais le « père de la révolution » entretient également des contacts avec toutes les factions: celles du Sud, celles du Nord, les « non-alignés », les sociétés secrètes... Il cultive en outre ses réseaux internationaux et reçoit des émissaires japonais, occidentaux et russes.

Au printemps 1921, un « gouvernement républicain », concurrent de celui de Pékin, est mis en place. Sun en est nommé président provisoire (décidément, les présidences provisoires sont pour lui comme une fatalité).

En automne 1921, il prend la tête d'une éphémère « expédition vers le Nord », qui se solde par un échec retentissant, faute de moyens. En juin 1922, il est chassé de Canton par ses anciens amis politiques. Une partie de la classe dirigeante locale refuse catégoriquement que le Cantonnais serve de base militaire, et surtout de tiroir-caisse, aux ambitions du docteur Sun Yat-sen, qui semble être le seul à ne pas s'apercevoir de l'extrême faiblesse de son poids politique et diplomatique. Pour appuyer son propos, Chen Jiongming, le gouverneur et chef des armées de la province, fait bombarder la maison de Sun à Canton.

Comme d'habitude, il se réfugie à Shanghai. Les consultations reprennent de plus belle au 26 rue Molière. Il réactive ses réseaux en Grande-Bretagne, dont il accueille des envoyés officiels et officieux. Il souhaite obtenir la neutralité des autorités britanniques, souveraines à Hong Kong, s'il réussit à reprendre le contrôle du Cantonnais, dont il n'a pas renoncé à faire sa base arrière.

Il n'est pas à une contradiction près ; au même moment il opère un rapprochement avec l'Internationale communiste.

En ce début de 1923, il est donc en train de négocier simultanément le soutien de toutes les grandes puissances mondiales. Mais qui manipule qui ? Les Britanniques, tout en gardant le contact avec lui, le perçoivent davantage comme un fauteur de troubles et un obstacle à la réunification de la Chine que comme un leader charismatique, naturel et légitime. Les Japonais, sans rompre les ponts avec lui, semblent considérer, non sans raison, qu'il n'est que l'un des nombreux chefs de faction que compte cette Chine politiquement et militairement morcelée, pour ne pas dire éclatée. Les Russes, tout en promettant que les accords signés n'impliquent pas à leurs yeux le basculement de la Chine dans le communisme, encouragent la montée en puissance du Parti communiste chinois.

Comme on l'a vu, depuis le milieu des années 1910, Sun Yat-sen semble en proie à une obsession : créer un pôle politique et militaire dans les provinces du Sud en vue de la reconquête par la force des régions du Nord et de la soumission de Pékin.

Il mène des expéditions pacifiques mais en décembre 1924, à Tianjin, l'épuisement le submerge.

Dans une lettre d'adieu adressée à ses alliés communistes soviétiques, il explique : « Je laisse derrière moi un parti qui, je l'espère, travaillera de concert avec vous à la tâche historique de complètement libérer du système impérialiste la Chine et les autres pays exploités. »

Voilà tout Sun Yat-sen : un subtil cocktail de nationalisme et d'anti-impérialisme. Cet héritage sera naturellement revendiqué par Tchang Kaï-chek, le successeur de Sun à la tête du Guomindang, mais aussi par les communistes chinois qui mettront en avant ses textes anti-impérialistes et prônant la coopération avec les régimes marxistes.

Lorsque Sun Yat-sen s'éteint, le 12 mars 1925, deux cérémonies sont organisées : une célébration religieuse selon le rite protestant, à la demande de sa famille, et une grande manifestation politique orchestrée par ses alliés communistes, avec, en tête de cortège, Borodine et l'ambassadeur de Russie.

Des obsèques toutes d'ambiguïté, à l'image de son combat.

SHANGHAI LA ROUGE

23 juillet 1921. La nuit est tombée sur la ville, mais la chaleur, poisseuse, continue d'être oppressante. Treize ombres chinoises frappent successivement, et discrètement, à la porte d'une petite école au numéro 76 de la rue Xingye lu, au cœur de la concession française. Le premier congrès du Parti communiste chinois va pouvoir commencer.

Car c'est ici, à Shanghai, que tout a débuté.

Parmi les treize « délégués régionaux » du PCC, l'un d'eux, dont les trente ans n'ont pas altéré un visage encore poupin, se présente aux autres, le regard fier : Mao Zedong. Représentant de la province du Hunan, il est l'enfant d'une famille de paysans aisés. Élève assidu, il a fréquenté les bonnes écoles et a étudié Rousseau, Darwin et Montesquieu.

Assis à ses côtés : Chen Duxiu, petit homme replet aux allures d'intellectuel, qui sera élu premier secrétaire général du PCC à l'issue de la réunion.

Ce 23 juillet 1921, le parti dont il hérite ne compte alors que cinquante-neuf adhérents (dont lui-même et les douze autres délégués chinois), ne représentant que... six provinces et municipalités de l'immense territoire !

Quelle destinée, là encore, que celle de Shanghai, à la fois creuset du capitalisme et berceau du communisme chinois !

En janvier 1923 un autre événement capital de l'histoire du Parti communiste chinois a eu lieu : la création d'un « front uni » entre le Guomindang (parti nationaliste) et le PCC. Contrairement à Mao, passé des rangs républicains au communisme à la suite de sa rencontre avec Chen Duxiu en 1919, les masses chinoises tardent à se convertir – en raison, notamment, de la prééminence du Guomindang et du prestige de son vieux chef.

Un an après avoir proposé à ses amis du Guomindang une politique du « front uni » avec les communistes, la position de Sun va encore se renforcer : appuyé une nouvelle fois par Moscou, il a imposé, en 1924, une fusion partielle des deux structures, reléguant l'encore groupusculaire parti communiste au rang de simple partenaire d'appoint. L'avenir du PCC paraît fortement compromis.

Sous la conduite de Chen Duxiu et de Mao, le PCC va soudainement et rapidement progresser.

Le 5 mai 1925, lorsque éclate la première grande grève de la filature Naigi, c'est la question de l'embauche qui est au cœur du conflit : les dirigeants japonais de l'usine, furieux de la mainmise communiste, décident de recruter eux-mêmes leur main-d'œuvre. En quelques jours trente-cinq mille ouvriers rejoignent le mouvement. Les « clubs de loisirs » se proclament syndicats. Quelques jours encore et c'est le drame.

Le 30 mai, une manifestation d'étudiants défilant rue de Nankin est prise pour cible par la police britannique. Treize jeunes Chinois sont abattus.

Le PCC, pourtant, va rapidement déchanter. Soutenu et financé en sous-main par la bourgeoisie shanghaienne, au nom des revendications patriotiques, le Parti va se voir supplanté par les notables dans les négociations qui vont s'ouvrir avec la Chambre générale du commerce, représentant les grands patrons de la ville. Un accord est conclu. Il comporte de réelles avancées, des hausses de salaire sont consenties, quelques mesures symboliques sont prises - telle l'autorisation donnée aux Chinois de siéger au sein du Shanghai Municipal Council. Mais le « système », lui, ne change pas. De cet échec, Mao l'inflexible tirera la leçon qu'on ne négocie pas avec un adversaire de classe.

À trente-deux ans, humilié par ce retour à la normale, il quitte Shanghai pour rejoindre sa province natale du Hunan.

Là-bas, annonce-t-il dans les colonnes du journal *Gong-chandang* (« Les Communistes ») il va « réfléchir » à l'avenir de la révolution. Neuf ans plus tard débutera la Longue Marche...

Shanghai, entre-temps, va se transformer à nouveau en poudrière.

Le 21 mars 1927, sur ordre de Moscou, le Syndicat général ordonne la grève générale : huit cent mille ouvriers cessent immédiatement leur travail. Shanghai est transformée en ville morte. Puis, dès le lendemain, le 22 mars, suivant les consignes personnelles de Staline, l'appel à l'insurrection armée est lancé.

Jonchée de cadavres, Shanghai se réveille quadrillée par les piquets armés du Syndicat général et du PCC. Débarquant de Canton trois jours après l'insurrection, les troupes du général Tchang Kaï-chek, qui a succédé à Sun Yat-sen, se lient d'abord aux communistes, faisant craindre l'envahissement des concessions, où l'état d'alerte est déclenché.

Les Britanniques appellent douze mille soldats en renfort. Vingt-huit navires de guerre, au total, dont le *Jules Michelet* et *La Marne* pour la France, sont en position, prêts à tirer.

La tension semble à son comble et l'affrontement d'autant plus inévitable qu'à deux cent cinquante kilomètres de là éclate, le 24 avril, le fameux « incident de Nankin », de fort mauvais présage.

Mais là encore, comme lors de la grève de 1925, le vent va tourner au désavantage des communistes. À l'instar de la bourgeoisie shanghaienne deux ans plus tôt, Tchang Kaï-chek ouvre des négociations avec les représentants étrangers, parmi lesquels le consul français Naggiar, un homme roublard et cynique, ami personnel d'Aristide Briand. Celui-ci sera le premier à pressentir la possibilité d'un prochain retournement d'alliance du général nationaliste, inquiet de l'influence de ses « alliés » communistes.

Durant vingt jours, rien ne bouge, ou presque, dans la ville. Chacun campe sur ses positions.

Le 11 avril, Du Yuesheng, le parrain de la Bande Verte, la pègre locale qui négocie depuis plusieurs jours en secret avec Tchang Kaï-chek et les autorités étrangères son soutien aux nationalistes, convie Wang Shouhua, le chef du Syndicat général communiste, à dîner dans sa villa, rue Wagner, dans la concession française. C'est un piège : Wang est enlevé puis mis à mort, étranglé par les hommes de main de Du. La contre-révolution a commencé. Elle sera impitoyable.

En moins de vingt-quatre heures, Shanghai est sous la botte de Tchang Kaï-chek. La répression anti-communiste est terrible.

À la « Commune de Shanghai », qui n'aura duré que vingt et un jours, succède la « Terreur blanche »: cinq mille personnes, suspectées de sympathies communistes, sont éliminées. Lâchés par Staline, qui fait porter à Chen Duxiu, en fuite, la responsabilité de ce nouvel échec, le PCC et le Syndicat général sont dissous.

Seul contre tous, ou presque, mais « repêché » par Moscou, qui n'a pas d'autres leaders sur qui s'appuyer en Chine après la décapitation du Parti, Mao, sévèrement battu par les troupes de Tchang Kaï-chek, se réfugie avec quelques hommes sur les monts du Jing-gang, où il fonde, en novembre 1927, la première base soviétique.

Jusqu'en 1934, Mao parviendra à s'y forger une légende.

Mon père, Michel Debré, n'était plus Premier ministre lorsque le général de Gaulle reconnut la Chine en 1963. Mais il m'entretint à plusieurs reprises de celui pour lequel, à l'instar du Général, il éprouvait une certaine fascination - non dénuée de répulsion devant les excès de la dictature. « Mao, m'expliqua-t-il un jour, est de ces hommes qui démontrent que ce sont eux qui font l'histoire, et non l'histoire qui fait les hommes. »

En octobre 1934, Mao quitte ses montagnes pelées pour le nord-ouest du pays. C'est le début de sa Longue Marche, qui lui permettra de gagner à sa cause des milliers, puis des dizaines de milliers de paysans.

Le numéro 1 du PCC shanghaien, à l'époque, a pour nom Gu Shuunzhang, un ex-mécano, reconverti en... magicien.

Envoyé en juillet à Wuhan pour assassiner Tchang Kaï-chek, il est arrêté et passe à l'ennemi, dénonçant à l'état-major nationaliste les identités de plusieurs milliers de militants communistes.

Aussitôt après ce que les historiens ont appelé les « Journées rouges » de Shanghai, ce qu'il reste des cadres en fuite du PCC - dont Zhou Enlai, alors responsable des services secrets - ordonnent des « représailles appropriées ». Elles seront tout aussi effroyables.

« Le sang versé doit être payé par le sang versé ! » s'enflamme l'écrivain Lu Xun.

Cette « Saint-Barthélemy rouge » vaudra au PCC, hier en position de victime, de se transformer en bourreau aux yeux de l'opinion. À la chasse aux sorcières et aux exécutions qui suivront s'ajoutent un nombre considérable de démissions. Fin 1934, sept ans seulement après s'être rendu maître de la ville, le mouvement ne compte plus que... trois cents adhérents!

À l'autre bout du pays, Mao, conforté dans son analyse, progresse dans les campagnes à mesure que l'influence du PCC décroît dans les villes. À la tête d'une véritable armée et fort d'une notoriété sans cesse grandissante quand le Parti est partout ailleurs en voie de disparition, Staline le replace, en 1935, à la tête du Parti.

Durant les derniers mois de la guerre civile, qui se déroule plus au nord, Shanghai connaît une hyper-inflation, qui n'est pas sans rappeler celle de la république de Weimar en Allemagne.

La ville, alors dirigée par le propre fils de Tchang Kaï-chek - Chiang Ching-kuo, futur successeur de son père à Taiwan - n'en reste pas moins passive devant l'avancée inéluctable des troupes communistes.

À l'écart des événements, elle semble attendre que l'histoire veuille bien se souvenir d'elle.

Ni assistance, ni résistance. Pourtant, c'est la ville tout entière qui va rougir. Le général Chen Yi est nommé premier maire communiste de Shanghai ; ancien ouvrier chez... Michelin, en France, entre 1919 et 1921, celui-ci est, certes, le représentant personnel de Mao à Shanghai, mais c'est aussi un pragmatique, conscient de l'impossibilité pour le PCC d'assurer seul, au moins au début, la transition de la ville vers le communisme.

Épurer la population shanghaienne, pourquoi pas, mais pour la remplacer par qui ?

Première étape, donc : la formation des masses.

« Shanghai, a proclamé Mao, doit expier ses crimes ! »

La sécurité publique, nouvelle appellation de la police - qui occupe les locaux de l'ancienne Banque d'Indochine - procède à une multitude d'arrestations. Dans la nuit du 27 au 28 avril 1952, dix mille Shanghaiens sont emprisonnés au cours d'une gigantesque rafle. La première d'une longue série...

Dénoncée bien des années plus tard par les communistes eux-mêmes, la « terreur rouge » s'est abattue sur la ville. Elle ne relâchera plus son étreinte pendant près de vingt ans.

Le lancement quasi simultané, dans les années 1956-1957, de la politique des « Cent Fleurs », visant à l'adoption d'une ligne plus modérée, et du pragmatique et volontariste « Grand Bond en avant », permettront certes à Shanghai de desserrer provisoirement son étau.

Mais l'accalmie sera de courte durée. Et le réveil d'autant plus brutal qu'à l'échec économique du Grand Bond et aux espoirs de libéralisation qu'a fait naître la période des Cent Fleurs va succéder, dix ans plus tard, la période la plus sombre de l'histoire de la Chine communiste : la Révolution culturelle, censée « balayer les génies malfaisants ». Une remise au pas imbécile, rétrograde et sanglante dont la ville, symbole des « déviances » de cette modernité honnie, va payer le prix fort.

Assis sur un banc de la place du Peuple, où s'élevait autrefois le champ de course, je relis Pa Kin se souvenant de la Révolution culturelle, cette « grosse pierre qui m'écrasait la tête et m'a gelé le cerveau ». Paradoxalement - mais Shanghai n'est-elle pas, décidément, la capitale de tous les paradoxes? - c'est en effet d'ici, à l'instar du PCC, que tout est parti. À l'origine de cette folie: la Bande des Quatre, dite aussi Groupe de Shanghai, conduite par Jiang Qing, la femme de Mao. « Les quatre fléaux », ainsi qu'on les surnomme aujourd'hui en référence aux rats, moineaux, mouches et moustiques que les communistes prétendaient éradiquer dans les années 1950.

Un an plus tard, Mao, pressé par sa femme, déclare à son tour la guerre aux « quatre vieilleries »: vieilles idées, vieille culture, vieilles coutumes et vieilles habitudes. La Révolution culturelle est lancée.

À l'été 1968, le chaos est tel que Mao se voit contraint de créer de nouvelles brigades: les « brigades ouvrières de propagande de la pensée de Mao Zedong », chargées de mater les organisations locales. Mais toujours sous le contrôle de Jiang Qing et de son Groupe de Shanghai qui, jusqu'en

1976, garderont la haute main sur la ville, paradant, brassard rouge au bras, dans les rues de la cité éteinte.

Les proscrits, de retour des camps de travail et de rééducation, commenceront progressivement à rentrer à partir de l'année suivante. « Ce qui m'a frappé lors de mon retour, c'était le silence. Personne n'osait s'adresser la parole en public », me racontera Xu Yu, ayant miraculeusement survécu de ses cinq années de séjour au sein de plusieurs « équipes de production » dans les provinces environnantes. Il faudra attendre 1978, et l'arrivée au pouvoir de Deng Xiaoping, pour voir la situation se normaliser et les rues retrouver leur brouhaha si caractéristique.

Au sortir de cet enfer, où il perdra Xiao Shan, sa femme adorée, Pa Kin écrira, à soixante-dix ans : « Je ne suis pas pessimiste. Je suis résolu à vivre. » Shanghai aussi.

À L'ASSAUT DU CIEL

Shanghai, le miracle économique ! Shanghai, métropole de tous les records !

Chaque semaine, ou plutôt chaque jour, apporte son lot d'événements : pose de la première ou dernière pierre d'un gratte-ciel, inaugurations de musées ou d'instituts culturels et scientifiques, ouvertures de boutiques de luxe. Des milliers d'entreprises étrangères s'y installent chaque année et des dizaines de multinationales y implantent leur siège pour la Chine ou pour l'Asie. Le salaire moyen y est de cinq cents euros, le double de celui du pays.

La population de la ville province de Shanghai est estimée à dix-sept millions. Mais le plus surprenant est sans doute le nombre de ses habitants fantômes : trois millions de migrants ruraux, que la législation sur le séjour transforme en quelque sorte en sans-papiers dans leur propre pays. Ils sont en permanence à la recherche de « petits boulots » pour survivre.

L'essor de Shanghai ne serait-il pas un épiphénomène dans le processus général de développement et d'ouverture imposé par le pouvoir central depuis le milieu des années 1980? Eh bien, non! Car Shanghai ne fait rien comme les autres.

La ville est ouverte au commerce et aux capitaux étrangers depuis 1984. Le deuxième coup d'accélérateur se produit en 1990: la Bourse de Shanghai est ouverte.

En 1992, à la veille de son retrait du pouvoir et du passage de témoin à Jiang Zemin, Deng Xiaoping lance son slogan mythique: « Enrichissez-vous! », désignant Shanghai comme la « tête du dragon » économique que devra constituer l'estuaire du Yangzi.

Quelle revanche pour Shanghai, la mal-aimée.

Shanghai s'enrichit à toute vitesse, comme si elle voulait rattraper le retard.

En 1990, sa municipalité, forte du soutien du gouvernement, annonce un programme urbanistique pharaonique sur lequel elle planche depuis trois ans : bâtir à Pudong une métropole au cœur de la métropole, une ville nouvelle capable de rivaliser avec les plus fortes places économiques et financières mondiales, notamment Los Angeles et New York.

Le programme consiste à développer Shanghai sur une superficie équivalente à celle de ses arrondissements urbains. Rien de moins.

Vus depuis la rive opposée, les bâtiments de Pudong constituent un étonnant périmètre de modernité urbaine, délimité par la Perle de l'Orient et la tour Jin Mao. À certaine heure de l'après-midi, l'ensemble baigne dans une lumière orangée à la beauté saisissante.

Lors de ma dernière visite à Shanghai en automne 2004, j'ai profité d'une réunion dans un hôtel du Bund pour aller contempler depuis la rive ouest du Huangpu cette perspective dont, décidément, je ne me puis lasser.

Remarquant mon regard admiratif et rêveur, un jeune fonctionnaire de l'hôpital Est de Shanghai m'a conté quelques anecdotes très révélatrices de l'atmosphère d'émulation qui semble régner entre Shanghai et le reste du monde.

– Vous avez remarqué le chantier de cet immeuble en construction, le Mori Building. Il aura la forme d'un décapsuleur et devrait mesurer quatre cent quatre-vingt-douze mètres. Ce sera le plus haut building du monde.

– J'en ai entendu parler. Dans mon souvenir, il ne devait pas être aussi élevé que cela.

– C'est exact. Initialement, le promoteur, qui est japonais, avait prévu une hauteur de quatre cent soixante mètres pour dépasser celle de l'immeuble Taipei 101 à Taiwan et des tours Pétronas en Malaisie. Cependant, certains projets proposés pour la reconstruction du World Trade Center de New York ont mis la barre plus haut. Il a donc décidé de modifier son projet et d'augmenter la taille de quelques dizaines de mètres. À Shanghai, nous n'aimons pas ne pas être les premiers.

En une douzaine d'années, c'est l'équivalent de quarante ou cinquante fois la superficie du quartier de la Défense qui a été construit dans cette zone.

Où s'arrêtera cette ruée vers l'est ? Au rivage de la mer de Chine ? Pas si sûr.

Objectivement, les conditions de vie des Shanghaiens les plus modestes ne se sont pas améliorées. La rénovation du paysage urbain a eu un coût social et humain. Malversations ou non, plusieurs millions de personnes ont été concernées par la migration urbaine. Mais ce qui me frappe aussi à chacune de mes visites à Shanghai, c'est l'extraordinaire vitalité du peuple shanghaien, son modernisme ou plutôt sa modernité décomplexée, qui mêle futurisme et traditions en un cocktail détonnant.

Quel contraste entre la foule de jeunes gens avides de consommation, parés de la panoplie occidentale, et les vieux messieurs toujours fidèles à la tenue d'ouvrier : costume mao et casquette noirs ou bleus ! Ces derniers, il est vrai, sont de moins en moins nombreux à chacune de mes visites.

Tandis que je me promène dans cette foule, je me surprends aussi à éprouver quelque angoisse quant à l'avenir de cette société chinoise. Je repense à cette conversation engagée quelques jours plus tôt lors d'un rendez-vous à la mairie de Shanghai.

– Vous voyez ici des gens riches et bien portants, m'a dit Han Zheng, le premier magistrat de la ville, mais ce n'est qu'une partie de la Chine. Même ici à Shanghai, nous avons de grosses difficultés. Il faut nous apporter de la technologie, des hommes, des idées, des méthodes de gestion !

Comme nous parlons du jumelage de mon service avec le département d'urologie de l'hôpital Est de Shanghai, je commence à aborder quelques questions de fond, notamment la prise en charge des soins. Le maire profite d'un autre rendez-vous pour me laisser entre les mains de l'un de ses adjoints, un homme compétent et – presque – totalement dépourvu de langue de bois.

– C'est bien beau de construire un hôpital ultramoderne, et d'y implanter les technologies les plus avancées, lui expliqué-je, mais comment allez-vous assurer l'accès aux soins ? J'ai vu à l'hôpital Est des chambres à deux lits et des appartements de luxe dont les tarifs me semblent assez élevés. Comment comptez-vous financer la gratuité de ces soins pour les gens modestes ?

– La gratuité, mais n'y pensez pas ! Vous, les Français, avez commis l'erreur de rendre tout gratuit. Mais ici, c'est impossible. Nous sommes trop nombreux.

C'est le monde à l'envers. Mes interlocuteurs, dont la plupart ont connu l'époque maoïste, s'étonnent et s'amusent de ce que, dans un pays aussi avancé que la France, il y ait encore une Sécurité sociale. La Chine n'a pas fini de m'étonner.

Et parfois je me demande si je ne suis pas en train d'assister à une cassure de l'âme chinoise. Les jeunes générations sont irrésistiblement attirées par la consommation, par les voyages et les loisirs. La politique de natalité, qui a limité comme partout en Chine le nombre d'enfants, a transformé la jeunesse shanghaienne. Souvent rejetons uniques, ils sont devenus des enfants-rois, dont les parents sont prêts à tous les sacrifices. Mais l'inverse sera-t-il vrai ?

La Chine néo-capitaliste n'a pas, ou plus, de système de retraite. D'ici quelques années, les enfants uniques, pour peu que leurs parents le soient aussi, auront donc à prendre en charge l'entretien de leurs parents et de leurs grands-parents. Certes, la solidarité intergénérationnelle est fortement ancrée dans la culture chinoise, en particulier dans le confucianisme, qui revient en force. Mais les préceptes de Confucius suffiront-ils à pallier ces carences ? Permettront-ils à Shanghai, extraordinaire laboratoire de la Chine nouvelle, de résister au choc inévitable entre la société de consommation globalisée et les permanences d'une société traditionnelle que le maoïsme lui-même n'est pas parvenu à extirper ?

Le défi est rude, mais j'ai bon espoir. Shanghai en a vu d'autres !

CHRONOLOGIE

479 av. J.-C. Mort de Confucius.
221 av. J.-C. Fondation de l'empire des Qin.
206 av. J.-C. Dynastie des Han.
220 Les Trois Royaumes.
265 Dynastie des Jin.
618 Dynastie des Tang.
960-1126 Sous la dynastie des Song du Nord, Shanghai n'est qu'un village de pêcheurs.
1265 Période Xianchun, dynastie des Song du Sud : Shanghai devient un bourg.
1271 Dynastie des Yuan (Mongols).
1292 Sous le règne de Zhijuan, le bourg est élevé au rang de préfecture.
1368 Dynastie des Ming.
1421 Pékin devient capitale de la Chine.
1644 Dynastie des Qing (lignée « non-chinoise » d'origine mongole). Elle se terminera avec

la chute du dernier empereur, Pu Yi, en 1911-1912, date de la proclamation de la République.

XVIIe siècle Premières importations d'opium en Chine par les Occidentaux (Portugais, Espagnols, Hollandais, puis Anglais) en contrebande.

1729 Édit impérial d'interdiction du trafic d'opium.

1839 Les autorités chinoises font détruire l'opium détenu par les marchands britanniques de Canton. Début de la première guerre de l'opium entre la Chine et la Grande-Bretagne.

1842 Fin de la première guerre de l'opium. La Chine est vaincue et signe avec la Grande-Bretagne le traité de Nankin (premier des « traités inégaux ») qui établit : l'ouverture de cinq ports (dont Shanghai) au commerce international ; le principe des concessions occidentales en territoire chinois et celui de l'exterritorialité (les ressortissants des puissances étrangères vivant dans ces zones ouvertes n'ont de compte à rendre qu'aux autorités judiciaires de leur pays). Hong Kong passe sous la souveraineté britannique.

1843	Signature du traité de Wangxia entre la Chine et les États-Unis : ces derniers obtiennent des avantages comparables à ceux de la Grande-Bretagne.
1844	La Grande-Bretagne établit un consulat à Shanghai. Signature du traité de Whampoa entre la France et la Chine (mesures identiques à celles du traité de Nankin).
1846	Premières délimitations de la concession anglaise (qui sera étendue en 1848).
1848	Charles de Montigny, premier consul de France, arrive à Shanghai.
1849	Création de la concession française de Shanghai par Charles de Montigny. Elle fera l'objet d'extensions en 1861, puis en 1900 et en 1914.
1851-1855	Soulèvement des Taipings et des Petits-Couteaux. Ces derniers occupent l'ancienne ville chinoise fortifiée de Shanghai entre 1853 et 1855.
1856-1860	Deuxième guerre de l'opium (les batailles se déroulent dans le nord du pays et non à Shanghai). La France et la Grande-Bretagne sont alliées à la Chine. L'empire du Milieu est à nouveau vaincu. Le traité de T'ien-Tsin

(Tianjin), signé en 1958, renforce les dispositions de la première série des « traités inégaux »: une plus large ouverture de la Chine au commerce. L'importation de l'opium est explicitement légalisée.

1863 Fusion des concessions anglaise et américaine pour constituer la concession internationale. Elle connaîtra une ultime extension en 1899.

1894 Guerre sino-japonaise à propos de la Corée. La Chine cède des territoires, la Corée devient indépendante.

1895 Échec de la révolte de Canton organisée par Sun Yat-sen, qui s'exile au Japon. Il y fondera la Ligue jurée (1905).

1911 Décembre : Sun Yat-sen revient en Chine à la faveur d'insurrections dans le Hubei, puis à Shanghai.

1912 1er janvier : Sun Yat-sen proclame la République chinoise à Nankin.

15 février : Sun annonce sa démission et remet le pouvoir au fonctionnaire dictateur Yuan Shikai.

25 août : Sun Yat-sen et son second, Song Jiaoren, fondent le Guomindang (ou Kuomintang), le parti nationaliste.

1913 Le dirigeant nationaliste Song Jiaoren, vainqueur des élections, est assassiné à Shanghai à la veille de prendre ses fonctions de Premier ministre.

1921 Réunion secrète de fondation du Parti communiste chinois dans un bâtiment de la concession française de Shanghai.

1923 Premier « front uni » entre nationalistes et communistes.

1925 Mort de Sun Yat-sen, le « père de la République » et « père de la Nation ».

1927 Mars: soulèvement des ouvriers communistes de Shanghai (retracé par André Malraux dans *La Condition humaine*).

Avril: écrasement de cette « Commune de Shanghai » par l'alliance du Guomindang de Tchang Kaï-chek et de la pègre (dont la Bande Verte de Du Yuesheng). Tchang Kaï-chek met en place un gouvernement nationaliste à Nankin.

1932 Les Japonais attaquent le quartier de Zhabei à Shanghai. Leurs troupes occupent la ville et contrôlent l'accès aux concessions.

1936 La menace japonaise se faisant plus pressante, nationalistes et communistes concluent un deuxième accord de « front uni ».

1937 Début de la guerre sino-japonaise. Les Japonais prennent le contrôle politique de Shanghai tout en laissant une relative autonomie aux autorités étrangères dans les concessions.

1941 Occupation de la concession internationale par les forces japonaises, le jour de l'attaque de Pearl Harbour (8 décembre).

1943 Les autorités françaises restituent leur concession au gouvernement chinois pro-japonais.

1945 Les nationalistes dirigés par Tchang Kaï-chek prennent le contrôle de Shanghai et de sa région.

1949 À l'issue de la guerre civile (1946-1949) entre les anciens alliés nationalistes et communistes, ces derniers prennent le pouvoir à Shanghai comme dans tout le pays.

1965 Premières manœuvres de contestation du pouvoir de Mao à Shanghai, où débute la Révolution culturelle.

1976 Mort de Mao.

1978 Arrivée au pouvoir de Deng Xiaoping.

1984	Shanghai est rouverte aux capitaux étrangers.
1985	Nomination de Jiang Zemin à la mairie de Shanghai.
1989	Juin : événements de Tian'anmen, manifestations limitées à Shanghai. Jiang Zemin devient secrétaire général du Parti communiste chinois.
1990	Annonce du grand projet d'extension de la ville vers l'est, et création de la nouvelle zone de Pudong. Ouverture de la Bourse de Shanghai (Shanghai Stock Exchange).
1993	Jiang Zemin devient président de la République (avec Zhu Rongji, ex-maire de Shanghai, comme vice-Premier ministre, puis comme Premier ministre).

ANNEXE 1
CINQ ITINÉRAIRES À SHANGHAI ET LEURS LIEUX INCONTOURNABLES

Le Bund

Les cours de danse et de tai-chi sur la promenade.

Les bâtiments des années 1920 et 1930 : la Banque de Chine (1937), l'Hôtel de la Paix (1929), la Banque de Taiwan (1926), la Banque Russo-Chinoise (1902), le Bâtiment des douanes (1927), la Hong-Kong et Shanghai Bank (1923).

Les très belles perspectives sur les bâtiments modernes de Pudong.

La vieille ville chinoise

Le jardin Yu Yuan, créé au XVIe siècle par de riches représentants de la dynastie Ming (visiter le bazar attenant, où l'on peut faire fabriquer une figurine à sa propre effigie).

Le pavillon Huxing (257, Yuyuan lu), où l'on trouve le plus ancien salon de thé de la ville.

L'incontournable temple de Confucius (215, Wenmiao lu).

Le marché aux livres de la rue Fuxing Donglu.

L'ancienne concession française

Le parc Fuxing, très agréable lieu de promenade chargé d'histoire, à proximité duquel se visitent en priorité :

La maison de Sun Yat-sen (7, Xiang Han lu) ;

Le lieu de la réunion fondatrice du PCC, devenu un petit musée (76, Xingye lu) ;

La Shang'art Gallery implantée en bordure du parc (pour les passionnés d'art contemporain).

Shopping à Nanjinglu (rue de Nankin)

Bordée d'omniprésentes publicités lumineuses, les magasins d'État y côtoient les nouveaux commerces.

À noter, car c'est une rareté : une partie de la rue est piétonne.

Pudong

Dans le quartier de Lujiazui :

La Perle de l'Orient (célèbre tour de télévision).

La tour Jin Mao, pour sa remarquable vue panoramique sur le Shanghai traditionnel, le port et les nouveaux quartiers.

ANNEXE 2
LA CUISINE DES SAISONS

Outre les célèbres spécialités typiquement shanghaiennes, telles que les boulettes « *xiaolong bao* », fourrées à la viande de porc ou encore le potage au chou inspiré du bortsch et importé par les Russes dans les années 1920, vous trouverez ci-dessous quatre plats correspondant aux quatre saisons, que j'ai eu l'occasion de découvrir à l'occasion de mes nombreux périples.

Printemps
Les Jiaozi (raviolis)
Pour 35 à 45 pièces
Pâte : 500 grammes de farine
270 g d'eau

Farce : 300 g de porc haché
150 g de chou chinois émincé et dégorgé au sel
1 pincée de cinq épices
2 bouquets de coriandre hachée
10 g de gingembre haché
2 gousses d'ail haché
1 cuillerée à soupe d'huile de sésame
1 œuf

Mélanger l'ensemble, en farcir de petits ronds de pâte, puis cuire à l'eau bouillante.

Sauce : 4 cuillerées à soupe de soja clair
1 cuillerée à soupe d'huile de sésame
1 cuillerée à soupe de vinaigre
2 gousses d'ail haché
poivre

Mélanger l'ensemble.

Été

Zongzi à la viande de porc (Zhurou zongzi)

Pour 6 pièces
600 g de riz glutineux

2 cuillerées à soupe de sauce de soja clair
½ cuillerée à thé de sel
5 champignons noirs réhydratés
80 g de pousses de bambou
12 feuilles de bambou
400 g de porc coupé en cubes, marinés dans 1 cuillerée à café de sucre, 3 cuillerées à café de sauce soja brun, ½ cuillerée à café de sel et ¼ cuillerée à café de poivre.

Faire tremper dans l'eau le riz glutineux pendant deux heures.

Égoutter, puis le malaxer avec la sauce de soja et le sel.

Couper en petits morceaux les pousses de bambou et les champignons noirs.

Ébouillanter les feuilles de bambou.

Prendre 2 feuilles de bambou et en faire un cornet.

Remplir le fond de riz, puis mettre le porc, les champignons et les pousses de bambou au milieu.

Couvrir d'une nouvelle couche de riz. Fermer le cornet en forme de pyramide. Attacher l'ensemble.

Une fois les *zongzi* confectionnés, les placer dans une marmite, remplir d'eau, puis porter à ébullition.

Réduire le feu et laisser cuire pendant trois heures.

Automne
Les œufs de cent ans

Pour 4 personnes

3 œufs de cent ans à écailler délicatement (ces œufs, préalablement vieillis pendant un minimum de deux mois dans un mélange de boue riche en chaux, de thé, de cendre et de bicarbonate de soude, ont une chair translucide, de couleur vert-bleutée : vous en trouverez dans les magasins d'alimentation asiatique).

un oignon
gingembre (au goût)
2 cuillerées à soupe de vinaigre
1 cuillerée à soupe de cognac ou de whisky
sel, sucre, poivre

Trancher les œufs dans le sens de la longueur, en six morceaux par œuf.

Découper les oignons et le gingembre en fines lamelles.

Mettre à mariner les œufs avec les oignons, le gingembre, le vinaigre et l'huile en y ajoutant du sel, poivre et une pincée de sucre. Laisser reposer au moins une heure.

Placer les œufs dans le plat de service, disposer les oignons et gingembre tout autour.

Arroser les œufs avec le cognac ou le whisky.

Hiver
Dan san

Pour 10 à 15 pièces

Pâte : 300 g de farine
60 g de saindoux
30 g d'eau
1 œuf

Sirop : 300 g de sucre
5 cuillerées à soupe d'eau

Finition :
100 g de graines de sésame

Mélanger la farine et le saindoux, puis l'œuf, jusqu'à obtention d'une pâte souple. Rajouter de l'eau si nécessaire.

Étaler la pâte au rouleau à 2 cm d'épaisseur.

Couper des rectangles de pâte.

Prendre 2 rectangles, les superposer. Inciser le milieu et rabattre un côté de la pâte dans la fente de manière à avoir une forme de nœud papillon et coller les 2 morceaux de pâte.

Faire cuire à la friture les « nœuds papillons ».

Réserver.

Faire le sirop, jusqu'à ce qu'il devienne épais.

Tremper les « nœuds » cuits dans le sirop.

Retirer, puis saupoudrer de graines de sésame.

BIBLIOGRAPHIE

Les indispensables

Marie-Claire Bergère, *Histoire de Shanghai*, Librairie Arthème Fayard, 2002.

Guy Brossollet, *Les Français de Shanghai*, 1849-1949, Paris, Belin, 1999.

Collectif, *Shanghai : opium, jeu, prostitution*, traduit du chinois par Nadine Perront, Arles, Picquier poche n° 172, 2002,

Lucien Bodard, *Les Grandes Murailles*, Le Livre de Poche, 1972.

André Malraux, *La Condition humaine*, Le Livre de Poche, 1977.

Pa Kin, *Pour un musée de la Révolution culturelle*, Bleu de Chine, 1996.

Autres

Marie-Claire Bergère, *Sun Yat-sen*, Librairie Arthème Fayard, 1994.

Lucien Bodard, *Monsieur le Consul* (1973), *Le fils du Consul* (1975), *Anne Marie* (1981), Paris, éditions Grasset et Fasquelle (trois livres en édition réunie), octobre 1999.

Yasushi Inoué, *Confucius*, Le Livre de Poche, 2000.

Lao-tseu, *Tao-Toà King*, Gallimard, 1990.

Pa Kin, *Le Jardin du repos*, Folio, 1986.

J. G. Ballard, *L'Empire du Soleil*, Denoël, 1985.

Paul Theroux, *La Chine à petite vapeur*, Grasset, 1989.

François Ged, *Shanghai*, collection « Portrait de ville », Paris, Institut Français d'Architecture, 2000.

Pierre Gentelle, *Chine, un continent... et au-delà?*, Paris, La Documentation Française, 2001.

Alain Peyrefitte, *Quand la Chine s'éveillera...*, Paris, Librairie Arthème Fayard, 1973 (2 tomes).

Michel Saso, *À la table d'un cuisinier taoïste*, Picquier poche 2002.

William Chan Tat Chuen, *Fêtes et banquets en Chine*, Picquier poche 1997.

Pour s'initier

Jacques Gernet, *La Chine ancienne*, Presses universitaires de France, 2001.

Denys Lombard, *La Chine impériale*, Presses universitaires de France, 2001.

TABLE DES MATIÈRES

Conception graphique et couverture :
Malb Studio Flageul

Composé en Garth Graphic,
par Sud Compo (Canet-en-Roussillon)

Éditions du Rocher
28, rue Comte-Félix-Gastaldi
98000 Monaco

Achevé d'imprimer sur les presses de L.E.G.O. S.p.A., Lavis, Italie
Dépôt légal mai 2010